U0130506

凝仁遊訪

之 雞腳英雄傳

陳英凝 著

獻給愛兒丘世翹

序一 Get My Hands Dirty

沈祖堯教授

新加坡南洋理工大學李光前醫學院院長暨高級副校長（健康及生命科學），香港中文大學內科及藥物治療學系榮休教授；香港中文大學校長（二〇一〇—二〇一七）暨莫慶堯醫學講座教授（二〇〇七—二〇二一）

多年前的一個夏天，我跟 Emily 和 CCOUC 災害與人道救援研究所團隊帶領學生下鄉做公共衞生和防災教育，親身體會 get my hands dirty 的真義。在中國甘肅省那個飽受洪水蹂躪的偏遠村莊，我們嘗試為村民重建一座過河的便橋，並幫助改善那裏的衞生條件，包括廢物處理。我和學生跟村裏的兒童動手收拾了一袋又一袋的垃圾時所帶着的汗水和笑意，村民們接待我們的真誠和溫暖，這是我所體會的、Emily 和 CCOUC 推動的全球衞生和人道醫學。

過去十年，我在中文大學的崗位上見證了 CCOUC 的成長，聽着 Emily 娓娓道來，從海拔四千多公尺的青藏高原和長江上游，到四川雲南邊境的茶馬古道，走訪偏遠少數民族村莊的故事。CCOUC 對中國偏遠農村地區的考察，以及它與民間社會中各種非政府組織的接觸，為大學對學生全人發展的承諾做出了貢獻，令學生親身體驗中國偏遠農村地區衛生條件欠佳、生活條件遠不如理想的情況，反思中國城鄉的差距，後者在中國快速發展和城市化中所作的犧牲，以及城市人作為中國經濟增長最大受益者對他們的責任。CCOUC 在人道工作方面的努力，令它成為中文大學和牛津大學一個很特別的小單位，體現東西方合作的願景和使命，並在其公共衛生學術和知識轉移活動中深深地灌注了人文價值和關懷。我相信，大學的作用不僅是傳授知識，而且應培養我們社會未來棟樑的道德品質。CCOUC 展示了在相互依存的地球村中，中文大學和牛津大學的師生如何運用他們的知識，將他們的服務範圍從校園和社區擴展到世界其他地方，肩負起我們作為世界公民響應人道工作的感召。

偶爾參與一次偏遠農村考察可能會經歷一些輕微的「文化衝擊」、不便和不舒適，但冒着崎嶇的長途車程、不利的天氣條件、不可預見的突發事件，日復一日地走訪偏遠農村，又是另一回事。這就是為甚麼 Emily 和她的團隊總是以他們從事這項工作的精力和熱情讓我驚訝。這本內容豐富的小書讓我們得以一瞥這十年不平凡的旅程，我相信您會在這本小書中找到推動這支小團隊在公共衛生知識和人道工作前沿不懈努力的原因。我祝賀 Emily 和 CCOUC 在過去十年與牛津大學非常成功的合作中取得的各項成就，並祝願他們在未來的人道之旅中一切順利，期待他們繼續在本地、區域和國際學術界和民間社會中發光發熱。

序二　凝仁遊訪

霍泰輝教授

香港中文大學醫學院兒科學系榮休教授及榮譽臨床教授；香港中文大學副校長（二〇一三—二〇二一）暨卓敏兒科講座教授（二〇一四—二〇二一）

陳英凝教授在報章專欄的文章，集結成《凝仁遊訪》一書，終於出版了。我看着英凝長大，她尊翁陳作耘醫生，是我中學和大學的學長，我在瑪麗醫院兒科部工作時的上司，更是我的好朋友。陳醫生在友儕中出了名幹勁沖天，魄力無邊，是公認的工作狂；英凝肯定遺傳了她爸爸這方面的基因，自小便顯露她能幹、有才華、決斷、不畏艱險、迎難而上的性格。在美國哈佛大學畢業兼拿到了公共衛生碩士之後回港服務，便參加了無國界醫生的工作，出生入死到貧窮戰亂的地方救難扶傷，後來更當上了無國界醫生的區域總監。跟着她回到香港大學唸醫科，畢業後在衛生署短暫工作了一段日子，便投身中文大學賽馬會公共衛生及基層醫療學院，現在已是中大的正教授，更是醫學院的助理院長。

教授和助理院長的教學、研究、以及行政等職務，已足夠令英凝忙個不可開交，但以醫學濟世的熱忱，驅使她在學院裏創立了全球衞生與人道醫學學部，並兼任學部主管，每年不知有多少次，帶着她的團隊和學生到國內和世界各地考察以及參與人道救援。團隊去的地方，大部份都是落後貧窮，生活條件極度不足的窮山惡水，或是剛經歷過天災，亟需救援的災區；有些地方連路也沒有，要到達目的地，他們往往要登山涉水，背負重重的物資徒步前往；有些地方衞生條件惡劣，連最基本的如廁洗浴等設備也欠奉。團隊中的學生團員，大多只參加這「厭惡性」活動一兩次，只要挺得過去便可以；英凝卻是日復一日，年復一年地參與，而且樂此不疲，朋友談起，只能豎起拇指向她說一聲「服」。

說英凝樂在其中，卻也不假。《凝仁遊訪》裏的文章，大多是她過去到各地考察服務的所見所聞，包括了許多趣事。內容寫實卻不沉重，當地人的遭遇雖辛酸但英凝下筆卻不矯情，是可輕鬆閱讀，增廣見聞的上佳讀物。

序三　獨一無二的朋友

梁卓偉教授

香港賽馬會慈善及社區事務執行總監；香港大學李嘉誠醫學院院長暨公共衛生醫學講座教授（二〇一三—二〇二二）

陳英凝教授（Emily）是我一位非常獨特的朋友。自她在醫學院求學時期，我倆已認識，如今是非常要好的同事和朋友；我與其父親和翁姑亦是好友，可謂緣份匪淺。

Emily熱愛工作和生活，即使只是萍水相逢，也能感受到她的熱情、爽朗與明麗，就像燦爛的陽光，令人身心和煦。身為她的朋友，每次聚會的愉悦暢快，自不待言。

以她這樣的性格，不僅適合從事需要與社會不同層面人士接觸及溝通的公共衛生工作，也極容易結識各式各樣的朋友，拓闊眼界，令人生更多姿采。

Emily因工作關係，經常馬不停蹄到處探訪和開會，又要帶學生四出考察，公餘也極喜歡旅遊，因此到過很多一般遊客不會涉足的遐方異域。猶幸多年來她筆耕不輟，寫下旅途上的所見所聞，與讀者分享，讓我們足不出戶，也可以跟她一起遊歷天下。

說起來，我也算是她的忠實讀者。其中一篇講述她在西藏偶遇天葬師的奇妙經歷，予我印象至深。這篇文章有點武俠小說的味道，彷彿提醒我們「天外有天，人上有人」，無論在自然之間或在其他人面前，也要保持謙卑和真誠。俗語說：「莫以善小而不為」，確是今天我們在待人接物上亟需培養的態度。

Emily 的文章今天結集出版，我由衷的替她高興，並祝洛陽紙貴，同時希望各位讀者好好享受這趟愉快的紙上旅程。

序四　巾幗不讓鬚眉

陳家亮教授
香港中文大學醫學院院長暨卓敏內科及藥物治療系講座教授

我與 Emily 相識多年，她是公共衛生學院的老師，而我則是在內科工作。直到近年因為醫學院的院務及教學事宜，我們多了很多合作的機會，也因此變得熟絡起來。

Emily 給我的印象，是不一樣的揚眉女子。她多年來積極領導和推動人道救援的工作，無數次深入災後現場，不怕危險、不怕風吹雨打，魄力和意志力驚人。她多次組織實地考察，帶領學生和其他教職員到偏遠地區及發展中國家，支援當地的災後重建，又為前線救災人員提供培訓；並作公共衛生教育推廣。同學在她身上不但學懂知識與技能，也學會不怕髒、不怕苦的毅力。我深信這種課室以外的醫學教育、活生生的身教，定必對我們的學生和他們未來的醫護工作影響至深。

不是很多人有機會參與 Emily 的實地考察，難得她在繁忙的教學和研究以外，也擠出時間寫作分享外訪經歷、考察的所見所聞。她的文章不是一般遊記，因為她到的不是一般的旅遊景點；

她接觸的不是一般的人；她遇到的也不是一般的旅遊經歷。閱讀她的文章，多有令人感受在香港生活的幸福，也重新反思先進國家能為世界其他有需要的地區做點甚麼。

欣悉 Emily 將專欄結集成書，期望更多人可以透過閱讀這些文章一開眼界，並得到啟發。

序五　從前風聞有您

李慧心女士
香港中文大學醫學院院務及策劃處傳訊組主管

認識陳英凝教授，差不多是二十年前的事了。當時我與他的先生 Eric 共事同一間公司，不時從他口中知道他的太太是位特別的醫生，會不時到世界發生災難的地方提供最需要的醫療服務及人道救援，是位「無國界醫生」。之後也經常在報章雜誌中看到她的訪問，當時我已經覺得陳英凝是一個不一樣的醫生，不一樣的揚眉女子。

加入中大醫學院後，很開心可以親身接觸和認識教授，近距離見證她的工作。「人道救援」在香港這個繁榮安定的地區，似乎是遙不可及，但對於落後貧乏的地區，這些工作便極富意義，甚至可以關乎生死。為了工作的緣故，也為了個人的好奇心，我不時會閱讀她的工作報告和網頁，發現她多年來不怕艱辛、排除萬難、也不理衞生環境有多惡劣，帶領着學生到偏遠地區工作和服務，這份氣魄，真的不得不令人佩服。

直到教授開始寫專欄，我有機會再近距離多一點認識她，也見證她這段時間所經歷的許多困難：包括摯友猝逝、家人接連病重、自己的身體也出現狀況……縱然情況如何極不理想，但她依然堅持每星期筆耕，從未脫稿。那種堅持及責任感，真的深深地觸動我，也激勵着我。讀者在閱讀文章時，願你也可細味一筆一畫的背後，都有說不出的生命力在當中。

曾經聽過有人說，每次見到陳教授不怕艱苦直奔災難現場，提供人道救援，就會覺得這是Beauty of Medicine。每次閱讀她的文章或欣賞她的攝影作品，我都會感受到這種美。

能夠在二十年後認識和與教授共事，是我的福氣。

自序

十八年前（二〇〇五年六月），女兒欣如出生前的大清晨，腹大便便的我趕緊把《太陽底下無國界》一書的手稿送到出版社去，心裏只想寫本書留個紀念，好好地為那階段的人生畫上句號，再踏上那無休止的母親生涯。

二〇〇六年加入中文大學醫學院當上大學老師，本以為會從此留在大學教研，修心養性。但人性就是這麼奇怪，明明可以優雅安逸地做個大學教授，卻偏偏用了十六年在大學建立「環球健康及人道醫學」（global health and humanitarian medicine）這門冷門的專題學科。而為了令學生可以學以致用，我和團隊走訪過百條內地偏遠、受貧窮和天災影響的少數民族小村莊，尋找適合作實地教育及研習的基地。

這本書正是收錄了那十多年在國內建構實地體驗學習模式過程中發生的小故事，部份文章曾連載於東周刊專欄「凝仁遊訪」中。這些年來，靠着各團隊成員的參與及付出，再加上一點點運氣，才能克服我們在旅途上遇上的種種千奇百怪的困難。過程中，我更發掘了多位出色而有決心、有教育下一代使命、在書內被稱為「雞腳英雄」的好老師。

我遇過對教育最有熱誠的人，是家父陳作耘教授。他在醫學專業領域中非常出色，又是位很好的老師，但當年為了養家，未有留在大學當全職教學人員。成長過程中，爸爸確是用了無限耐性和計謀，把我這反叛、四處闖蕩天涯的女兒引領回港學醫，我更因此在學醫時代成了爸爸的學生，見證他的知識淵博及聲如洪鐘的講學聲，真是令學生又敬又畏，亦令我心生羨慕。謝謝爸爸成就我用一生去做薪火相傳的工作。

感謝沈祖堯校長、霍泰輝教授、陳家亮教授、梁卓偉教授等幾位前輩為這書寫了序言。令我更驚喜的還有一眾同行者仗義為此書寫了三十多篇短文，這包括李麗荷姑娘、金真希教授、朱迎佳女士、黃浩卓博士、周嘉旺女士、商書維醫生、黃智誠先生、沈思彤醫生、鍾芯豫小姐、洪凱兒博士、何錦欣女士、胡志遠教授、余素娟博士、張蘊曦醫生、李卓謙先生、賴仲賢先生、林健枝教授、古修齊醫生、蔡婉詩醫生、黃越平先生、張依勵博士、黎文慧女士、張敏女士、羅琋瑜醫生、丘兆祺先生和莫仲棠教授等。他們生動的描述，令本書的故事更立體。而寫書和尋找老照片的過程令我回憶了很多舊人、舊事，尤其是洪磯正教授、翁家俊博士、梁美心醫生、李寶儀姑娘、劉思達博士、麥嘉文女士和黃嘉寶女士等人及他們的短文。杜沛欣小姐、何盈恩博士、黃喆博士、趙卓邦先生和曾慶宏先生也在這些旅程中提供了不可或缺的幫忙。感謝好友陳慧茹女士、工作伙伴陳惠顏女士、Anita Lee 女士、高佩茵女士、陳廣慧女士在不同階段的參與和幫忙；還有與故友 Janice Chan 女士、李鎮安先生、周瑤慧女士及高威廉教授等的同行片段，都是我非常珍惜和懷念的。

出自愛女丘欣如手筆

特別鳴謝李慧心女士和黃智誠先生一直陪伴我在這次文字旅程上同行；母校黃金蓮校長獨具慧眼，早年已看到我有當老師的能力；葛菲雪教授的提攜；紀文鳳女士多年的鼓勵；潘偉賢副校長、楊永強教授、黃仰山教授、周大福慈善基金陳美華女士及嘉道理慈善基金會李健民先生的支持；瑪利灣學校林泳施校長把專欄中的文章集合為小本送給我的心思；出版商天地圖書王穎嫻女士的耐心和大學教育資助委員會傑出教學獎對出書的支持。

我常被問及哪來時間親子和照顧家庭，實在有幸丈夫兆祺的體諒和無限愛護，並感恩兩個非常懂事的孩子。相信在孩童時期的女兒欣如和兒子世翹心目中，母親除了是一名實在的虎媽外（見〈高山上温習的片段〉一文），也是傳説中雞腳英雄幫的女幫主。而那班雞腳英雄師兄師姐們，對他倆都寵愛有加，在充滿愛的大哥哥大姐姐陪伴下，與他倆在新時代大環境下一起掙扎，更讓他們獲得一些非一般的童年回憶（見〈跟上天最接近〉一文）。

從來也沒想到要等足足十八年，《太陽底下無國界》才有續集，果然是人算不如天算。

目錄

夏

秋

冬

春
05.10.2020

洪水來臨的前一天

「年輕人都出外打工去，村內留守的都是老人和小孩。」走在濕滑的路，老村長邊走邊解釋。

那年立春過後，小隊走到已下了十天大雨、偏遠的四川涼山彝族地區選取和評估合適的項目點。我們出發那天大雨雖然已停，但吉普車隊沿河的上游前進時，途經的河岸水位已達暴漲氾濫狀態。而據當地居民說，連日暴雨加上春季回暖令上游溶雪，大水（或洪水）應該在未來兩天內便會湧到那個地區。到達工作目標的彝族小村時，我們從位處山崖旁的車路往河邊看，只見十多個小男孩和老年人把沙包堆疊起來搭建臨時堤壩。進村後，我們更發現因壯丁都到城外打工去，村內只剩下老弱婦孺忙於做防洪工作。我們見情況危急便自薦參與其中。同行的男隊員立刻趕到河邊加入「人鏈」去搬沙包，而我亦跟着女村長走到河對岸幫忙疏散獨居長者。

「大水會浸到這處！」女村長一邊帶我走着，一邊指出氾濫水位常比房子木大門門頂還要高，而過去多次水災，村裏的房屋都是全浸在水裏。洪水往往還會把上游沙泥沖到河旁的農地上，由於在偏遠小村農作物都以自用為主，水災往往令村民慘失家園、財物及糧食。

雨下得越來越大，走了幾分鐘路我已弄得全身濕透。終於走到山邊的小屋，入內只見八十三歲的老婆婆早已收拾好細軟，氣定神閒地坐着。村長促我帶婆婆離開後便轉頭找別戶去了。我替婆婆拿着她那輕飄飄的小布袋，忍不住好奇問：「婆婆，你帶了甚麼？」

「除了戶主證、兩套衣服和一對鞋外，只有一張家庭照片，是真的兩袖清風啊！」婆婆回應。

我扶着婆婆走到搖搖欲墜、極簡陋的木橋上。腳下河水又湍急又洶湧，我心其實是害怕得很。而步履穩實的婆婆見我一臉擔心又強裝鎮定，俏皮地反過來安慰我，還說：「我這一生人有上四、五十次的走難經驗了。只要可以回到家裏，甚麼事都可以重新開始！不怕！慢慢一步一步來便可以了。」說罷還捉緊我的手，怕腳步不穩的我掉進河裏去！

果然又給我遇上一位女中豪傑！

電子經濟中的邊緣人

「每人負責帶兩『疊』吧！」寶儀權威地分派着枱上的鈔票。

在內地，人民幣鈔票面值最大只有一百元，早年到通訊基建簡陋和沒有銀行系統的地區時，我的工作團隊和老師們常常要浩浩蕩蕩地帶上過千張鈔票，以應付在偏遠地方買物資和作應急費用等不時之需。而隨行的老師們因此往往都是「腰纏萬貫」，用盡方法把鈔票「縛」在身上以防遺失。

但近年情況卻剛好相反，自從國內金融科技發展迅速令電子貨幣和電子支付流行，導致現金日漸失去作用。而在農村工作中，反而我們因未能適應還多次鬧出笑話呢！

有年春節過後，晚上我們四人小隊回工作營地時大家都迷茫地討論說：「今天吃午飯時，小店主拒絕收現金，為免處理現鈔他更決定『免費』！」

「但我們又開通不了內地銀行戶口，沒有其他方法啊！」翁老師無奈地說。

另有一次大隊走在偏遠的三一七國道上，因十多人要上洗手間，車隊停在有簡陋廁所的驛站旁。廁所門前有一位白髮束着大髻、皺紋滿面的婆婆守着。同學們慣性地排起隊來，還紛紛從口袋中拿出一元紙幣準備付款。

原本專注看着手機的婆婆，瞟到大家手握鈔票後，從椅底拉出了一塊寫着「每次一元。絕不收現金，只收支付寶！」的紙牌。有同學不忿地理論說現鈔是國家法定貨幣，但婆婆不為所動，還指着廁所後的山邊，然後不再理睬我們繼續追看手機中的古代宮廷劇去。

當大家正不知如何是好時，剛巧有路過的國內年輕旅客好心地替我們付了廁所費，但卻堅拒收取我們那十多元的現金！

但最不可思議的要算是在驛站中那幾檔擺賣水果的小販和一名年約五十多歲的乞丐。除了小販們都表明只用電子支付進行買賣，那乞丐的紙牌上寫着「求有心人捐助五元，只收『支付寶』。現金謝絕」！

沒有手機支付的日子

李寶儀（李姑娘）

隨着網絡發展和智能電話的普及，「手機支付」在香港及內地已經十分普遍。即使在內地不是一線的城市，手機支付也一樣流通。這與數年前跟學生團隊在內地農村考察時所需要應對的情境，有着很有趣的反差。

當年我在團隊裏的崗位是「財務大臣」——其中一項職責是需要按活動預算，預備足夠的人民幣現鈔，以支付團隊在當地的開支。

仍記得有一次團隊多達三十人，五天的旅程，食住行再加上備用現金，所需要預備的金額確實不少。加上當時手機支付仍未普及，我和數位同事，便需要把活動預算兑換成人民幣現鈔，各自藏在不同的位置，隨隊出發。我們大家都笑説終於體驗到古人「腰纏萬貫」的滋味了！

「漁樵耕讀」之巫師篇

「陳教授，這是『紅燒娃娃魚』！大鯢養顏補血，是真正的『水中人參』，初春天氣還是很冷，多吃一點！」吳村長熱情地介紹着。

五十多歲的吳村長年幼父母雙亡，全靠村民集體照顧，童年上山撿柴為生。十二歲時為得到讀書機會而參軍，離開這條位於貴州省黔南布依苗族自治州、居民都住在山邊窯洞裏的偏遠文盲小村。他退役後在城裏賺了點小財，回流到村裏務農。因為文化水平較高，又肯自費為村落起橋築路，被推舉當上村長來。這幾年，為了增加村民就業機會及經濟收入，更經營了人工飼養大鯢（俗稱娃娃魚）魚場及這間飯店。

「『娃娃魚』不是國家二級保護兩棲野生動物，被政府禁止食用嗎？」研究團隊中一直以非一般飲食膽識見稱的小麥驚呀的叫道。

「國家是禁食野生娃娃魚，但人工繁殖飼養是可當食材！我小時候在山澗常捕獲這些兇猛牙尖『活化石』，但吃了身體又真的從沒生病，且能提高智力！小麥，這對身體健康好，你也來多嚐一口！」吳村長正挾着魚片給小麥，突然話鋒一轉問我：「陳教授，你們這幾天對村民健康風險評估有甚麼結論？」

那星期正值農民稱之為「雨水」的節氣，傳統應該是天天下着毛毛雨，大地回暖，田野草木萌發的日子。但據村民所說氣候變化確實令天氣跟十多年前相比和暖多了，而降雨量亦變得不穩定，直接影響農耕收成，幸好吳村長跟村民合作營運的漁場令村內的經濟發展有所保障。

「村長，這幾年因氣候變化，這村既遇乾旱又受水患影響，應該為村民做有關保護水源，防蚊蟲滋生，家中自製口服補液鹽（Oral rehydration salt）的方法和提升村民防災意識的活動，你認為怎樣？」我回應。

「對村民有益的都是好活動，我一定支持，細節交給我替你們安排！就在今年雨季祭天大典之前吧！」村長見小麥大口大口地吃得很滋味，非常高興積極地建議着。

「會影響祭祈典禮嗎？需要請示祭師嗎？」我問。傳統的苗族地區仍信鬼尚巫，村民認為巫師可以祈解災禍和驅逐惡鬼，是村內十分受敬重的人物。

「我就是這村的巫師！」村長大笑道。

雞腳英雄傳

「你們這幾天都沒有好好吃午飯，今天工作完畢後一定要到我家裏來作客！」

初春到廣西苗侗族聚居的山區工作。春耕農忙季節時村民習慣不吃午餐，但好客的侗寨村長卻堅持要留團隊在村內用膳。

中午，在村長那點燃着熏驅趕各種蟲蟻的艾草的家，一共來了六席賓客，全是男士。而我們一行六人被平均地分配到各席和村民一起坐在小竹櫈上，共享了一頓特別的午飯。

每張竹桌上都放着琳瑯滿目的農菜小炒，有酸菜、花生、生豬餚肉，又有用大竹籮載着的白米飯和盛着自釀米酒的大紅膠桶。農民們都是豪氣地一邊吃飯餸一邊用同一隻飯碗來直接從膠桶「打」酒來喝。

記得坐在我身旁的村長極力向我推介那一大碟盛着過百隻、淋了綠蔥油和紅辣椒的雞爪。這碟廣東人一般稱之為「鳳爪」的佳餚，在那地區是以半生熟形式烹調，再配上又辣又酸的醬汁。但我看那一大堆連骨但沒修剪過又長又黑又尖的雞「趾甲」，除了盡顯雞隻們生前極強的戰鬥力外，只能說「特色非常」。

「陳教授，我們這族人喜歡跟朋友分甘同味！來，這給你！」村長經過一輪「促銷」，但見我仍沒有太大反應時，竟決定從盤中夾了一隻大雞腳進自己口中，然後大力啜咬了一口，再把啜食過的雞腳給我！我和全枱賓客即時呆在當場，不知如何是好。而當目睹一塊吊在爪上的雞腳皮從村長口中隨雞腳逃出來時，除了那些不識趣的飛蟲仍繼續在室內擾攘外，大夥兒都變得鴉雀無聲，屏息靜待我下一步的行動。

正當我要「頂硬上」來打圓場時，本來坐在另一桌、曾經陪伴我走過千里路的博士生思達突然在我身旁出現，極速地瞟了我一眼，然後跟村長說：「各位老師們，我最喜歡吃雞腳，請讓我來！」說罷便從村長手中恭敬地接過那堆「白骨加塊雞皮」，然後迅速地放進自己口中。還道：「大家身體健康，友誼萬歲，請在今後多關照我們的同學團隊！」然後，只見他再從枱上拿起那杯比消毒酒精還要高醇度的土釀白酒一飲而盡。村長見狀既高興又感動，叫到：「好！果然爽快！從今以後多到這裏來，這村非常歡迎你們！」

「雞腳英雄」思達替我品嚐了那口鳳爪，也為團隊贏得村長、村民的友誼和互信關係。及後數年，村民們對我那些路經的師生團隊都非常照顧及支持。而那次遊訪亦促使我們把在前線公共衞生項目中除了防災備災外，還加入一些教育議題如「食物及食品安全」及「飲食與傳染病」（如使用共用餐具）等議題。

靠着各團隊成員的參與及付出，加上運氣，這些年來才能化解我在旅途上遇上的不少千奇百怪的事。過程中更讓我發掘了多位出類拔萃、有決心而又有志於教育下一代的好老師、一班「雞腳英雄」們！

雞腳英雄自傳

劉思達博士

自從加入香港中文大學陳教授的團隊後，每年都要到訪西部農村數次做基層調研和社區服務。記得那是大約十年前的一個夏天，我剛剛加入團隊不久，便要隨隊去偏遠少數民族地區考察。

村裏負責接待我們的是村長，退休前曾是村裏的小學校長，聽說我們是大學來的團隊，一定要留我們在村裏吃午飯。還沒等我們婉拒，已經看到進村時夾道歡迎我們的雞經已躺在砧板上了……盛情難卻，我們也只好恭敬不如從命了。

話說北京出生長大的我比起香港的同事，理應更適應內地的情況，但待菜端上來時我才意識到自己還是 too young too simple。辣椒拌生牛肉、半生不熟的酸辣雞腳、裝在塑料桶中的自釀米酒，這一桌子侗族「珍饈百味」，還是讓我們着實有些手足無措。

由於是第一次到訪，加上語言的障礙和文化背景的差異，餐桌上雙方都比較拘謹，交流很難說得上順暢。席間，村長也許想活躍下氣氛，便主動用手抓起一隻雞腳，並咬了一小口後遞給了帶隊的陳教授，「陳教授，歡迎你們啊！」陳教授有着多年的基層工作經驗，一般如果是主人家敬酒，從來是來者不拒的，但今天面對這特別的「招待」，她也似乎有些不置可否。就在大家不知所措的時候，我一把搶過那雞腳説道：「我最愛雞腳了！我來吧！」説完便津津有味的啃起來。村長對我這突如其來的舉動也先是愣了一下，但很快豪爽地端起酒杯：「歡迎你們今後常來！」餐桌上的氣氛頓時活躍起來，溝通也順暢多了，之後的項目也得以在村裏順利開展。

多年來不少同事問過我當年到底是甚麼原因驅使我做出那樣一個舉動，其實連我自己也説不出個所以然來。我想那更像是一種本能反應，只是希望用一種真誠的態度回應對方。或許正是這種不加粉飾的簡單和純粹，瞬間拉近了彼此間的距離，收到意想不到的效果。

如今我已經不太記得起那雞腳的味道，但每每想起，都還別有一番滋味在心頭。

與黑蝙蝠同眠

「今晚終於可望『有瓦遮頭』！」看到山谷下那點點火光，熬過十多小時崎嶇車程的美心滿懷希望地說。那條村位於金沙江上游，水災後六個多星期仍因道路受到嚴重破壞，電訊、水和電力供應都給完全截斷，成為與世隔絕的孤島。

仲春大霧潮濕，我們進村的汽車聲引來好奇的村民查探。當村民知道小隊是來做災後評估，對我們更是熱情。那偏遠小村的居民以老弱孤寡為主，受災後人命傷亡雖不多，但土房屋結構簡陋，損毀嚴重。上了年紀的戶主們都寧願跟年幼的兒孫們守着剩下的財產和牲口，住在只剩下一面主土牆的露天房子，睡在用塑膠布料搭建的帳幕，過着單靠柴火取暖照明的生活，都不願意搬到八小時外的災後臨時營地。

友善的村民怕我們不適應，主動替小隊打水張羅食物，還找了全村結構最好、有牆和有屋簷的小房子給我們，自己一家人走到天井露宿去。

「老師，你聽到蟲飛的聲音嗎？」深夜在睡袋中輾轉反側、戴着口罩的美心突然問我。

災區環境衞生惡劣，室內又焗又濕又多蟲蟻，實在難以入睡。我忍不住拿起電筒向主牆壁上照，只見牆上有兩條深深的裂痕，橫樑上有一些活躍的小黑影圍着一條斷了的電線飛着。當美心再用電筒向更高近屋頂上照時，我倆差點嚇破膽！

原來在我們頭上，有不下十隻比手掌還大的黑蝙蝠一直潛伏倒吊在屋樑上！其後更發現有兩隻巨大蟑螂從屋頂朝着電筒光線奔向我們睡袋的方向，我倆只好拋下了那幾個已睡得如死豬一般的男隊員，披着睡袋直奔天井，跟有智慧的災民一起睡在秋夜的繁星下。

清淡

「熱騰騰的饅頭耐嚼但鬆軟，還有淡淡的甜味，真好吃啊。」

「這些雞蛋雖比城市裏的細小，但蛋味香濃！」

「生磨豆漿口感像奶油一樣！」

春分前後在偏遠的農村工作，早上一般仍是非常清涼，加上西南地區房屋都沒有中央暖氣，同學們大都不太願意天還沒亮便起床工作，但為了配合農村作息時間也會勉強振作起來，而那頓「有機」且可口的農家早餐又常常令睡眼惺忪的大家驚喜萬分。那次，卻見小嘉靜靜地坐在一旁。

「我對蛋、豆、肉類和澱粉質都過敏。」小嘉意識到我注視着她時，禮貌地解釋。

「那你有沒有其他如皮膚、氣管敏感等健康問題？」我問道。幸好小嘉只是笑着搖頭。

事實上，這一代年輕人對食物和環境的過敏情況似乎比以往的世代都嚴重。這些年在旅途上遇上隊員出現過敏的情況時也是頗為觸目驚心的。過去曾經多次遇上義工和同學接觸過禽鳥和牲口後、或工作涉及起橋築路和上漆等活動而導致氣管和皮膚敏感不適，嚴重者更有屙嘔、肚痛、頭痛，甚至有呼吸困難等症狀。

「但昨晚我也留意到你沒吃東西啊！那麼在這裏你能吃甚麼呢？」美心好奇又關心地追問。

小嘉回應：「只能吃蔬菜和水果。不過我已帶了一些自製的營養沖劑，所以應該沒問題。」

誰知隊員們聽後，竟「感懷身世」起來。原來團隊的十二人中，除了小嘉，有兩人對豆類敏感，另一人有麩質過敏症，還有三位是茹素的！所以往後數天為了減低村民烹調上的不便和隊員食物敏感的風險，大家都吃得很清淡。

臥虎藏龍

「天氣變化得真快，置身車內其實非常危險。」葛教授面容繃緊、凝視着窗外突然變壞的天氣說。

那春分的黃昏，雖然高山天氣極不穩定，我們因趕着要跟學生隊伍會合，仍驅車橫越陝西隴縣的關山牧場。最初走過草原時，夕陽的餘暉仍能從厚雲中露出來，但風起雲湧，不到一小時更滾出了大片烏雲，瞬間天色黑得像要崩塌下來似的。

「嘩！看！真刺激！」美心指着一道突然打在對面山坡上的閃電興奮地叫嚷。

幾秒鐘後我們聽到雷聲緊隨，一瞬間傾盆大雨更從天而降。漫山遍野頓時變得灰黑茫茫，草原在山谷的路段雖平闊無樹，但天上閃電不絕，而雷聲漸近，更令山鳴谷應，雨聲、雷激聲回響不絕。我們那小車也隨着打雷一起震動。

「電光越來越近，我們根本沒有地方閃避。」本來氣定神閒、在大學讀工程的黃大哥不安地拋下一句。

全車最為鎮定的還是寡言的司機龍哥。他一直慢慢地駛着車子，見雷電打到面前的山嶺時才把車停在一旁。當察覺到大家都緊張得鴉雀無聲，他便用手機播起音樂來。

就這樣，我在雷電交加的草原上，竟在極近距離下「欣賞」了十五分鐘貝多芬第六交響曲第四樂章！「你懂古典音樂？」美心忍不住追問。

龍哥笑着回應：「大學時我是修音樂的。」

求醫記

「這是個兩天前剛出生的男嬰！」正替嬰兒量度體溫的李護士興奮地說。青藏高原牧區生活艱苦，縱使在科技和通訊發達的廿一世紀，牧民的生活節奏和環境仍停留在十九世紀，互聯網、醫療、學校等基建在山上很多地區仍然欠奉。年輕男性多到了城鎮打工，牧區內負責照顧長幼、打理家務及放牧等工作都落在家中女性肩上。

經過嚴寒冬天大雪封山與世隔絕的日子，每年春天溶雪後醫護人員探訪牧區是山中大事。雖然通訊設備仍然原始，消息往往能於彈指間便傳開。那年春分時候我們走到牧民家中不到半小時，已引來數十個住在周邊山嶺的女牧民扶老攜幼到訪問症。關節痛症、小兒傳染病和婦科問題都是最常見的疾病。那次其中一位是年輕、穿傳統黑色藏袍、樣子甜美的新任母親，抱着用羊皮包裹着的初生嬰孩，靜靜地坐下等着。

我替那少婦檢查時，李護士長在旁補充說：「翻譯員說這少婦懷孕過程中只作過一次產前檢查。」

那少婦是廿一世紀出生但少數沒有機會上學的新世代。少婦因自覺年青又有生育經驗，為了節省車資和到城鎮所需的醫藥費用，選擇留在山上生孩子，而她產後不到四十八小時，便拉着婆婆和兩個分別四歲和兩歲的孩子，以及八隻氂牛徒步走了五個多小時，來到這裏希望我們幾個「醫護過客」替新生嬰兒作檢查。少婦雖然全程默不作聲，但臉上總帶着微笑。

離開時少婦還把準備好的氂牛奶交給同齡、剛碩士畢業的小麥送給醫療小隊。小麥深感震撼地說：「老師，我比她還年長，但只有二十二歲的她已是三個小孩的母親，照顧老人和在高山放牧，最厲害的是產後兩天已能作幾小時的走動，令人非常慚愧！」

女俠陳英凝

李麗荷
衛生署退休護士長

記得有一次農村探訪後，我們食過晚飯，一邊步行去住宿的地方一邊談天，不知不覺間談起金庸筆下的郭靖和黃蓉等英雄人物，當時我望望身旁的陳老師，我覺得這裏也有一位女俠呀！無論遇到學生因在村校裏打架眼睛受傷、村民跌倒擦傷、村婦肩頸背痛和婦科問題等，陳老師必定出手相助，逐一醫治或和解答疑問。最難忘的當然是在海拔四千多公尺的青藏高原遇上一位剛剛生產完的藏婦。陳老師二話不說即時取出聽診器為母子做身體檢查，這些看在我眼裏的都是俠義精神！

歲月靜好

「老師！看！這裏雖然偏遠，但竟然有售賣『維他奶』和『檸檬茶』！」嘉寶捧着兩排紙包飲品走回來。

那次初春小隊在四川阿壩藏族羌族自治州完成工作後，晚上回程住在沿着河邊公路而建的小鎮。這個因地震災後重建公路而興建的新小鎮，面積雖小但設施齊備，兩旁的山崖房屋都是依山依河而建。最令人意外的，是在這荒山野嶺、人口只有兩萬多的地震後的新建地區，晚上八時仍開放。

晚飯過後大家決定在鎮內散散步。除了餐廳、卡拉ＯＫ和按摩店外，竟然還有兩間現代文青書店、幾間日式麵包店、意大利雪糕店、咖啡店、法國小餐廳和一間全智能系統的高檔超級市場！那間樓高三層的智能超級市場只接受電子支付，走高檔高價路線，除了售賣家電、日用百貨、凍肉、蔬菜以外，居然還有空運的外國水果，還有多款日本魚生！而那專門售賣食品的樓層裝修時尚，貨品價格比香港、上海及北京的高檔超市更昂貴！

經過那間麵包店，我們走進去跟那位三十歲的女店主攀談，她說：「我和男朋友都是浙江人，大學畢業後在上海工作了十多年，對大城市生活狀況和節奏都非常厭倦，但又不想回老家生活。兩年前到這裏旅遊時，發現生活節奏較城市悠閒，也喜歡這地方的氣候和環境，所以決定來創業。」據說附近經營幾間小店的東主也是從其他省份搬到這裏來，三、四十歲尋夢的年輕人。

小隊逛完小街後沿着河邊亮着街燈、杳無人跡的長廊上走着。夜空高掛着大大的一輪明月，街上寒風大作，置身其中像走在深宵無人的主題樂園一樣，感覺蒼涼冷清。小哲一邊吃着在意大利雪糕店買的軟雪糕一邊有感而發說：「這地方風景雖然美麗，但附近都是剛脱貧的農村，人流又不多，特色小店是怎樣生存的？」但再看隊友們拿着剛在各間小店買的東西，雖然大家可以在二十四小時內回港買到更便宜的，卻硬是用行動來支持小店尋夢的年輕人，歲月靜好。

捷徑

「村長剛打電話過來說入村的路因改道要多走幾小時。我們從地圖上找了一條應比原定路線還要快六小時的『捷徑』，現要找一支四人小隊在清晨四時半出發，先到村去作實地安排。」雖然同學都爭相希望加入這支「先頭部隊」，一向「能屈能伸」的美心最後被選中了。

第二天大清晨，「先頭部隊」便到金沙江上游去。春天霧大、剛下雨的山路又難走，出發不到一小時汽車便出現機件故障，令大家要在室外只有攝氏八度的荒山野嶺呆等了差不多兩個小時才找到幫忙，沒帶足夠保暖衣服的美心只好瑟縮在車內。

幸好其後小隊趕得及到達了五個小時以外、偏僻的江邊碼頭。但那艘滿是鐵鏽、只能運載兩輛小車的渡江駁艇卻又遲了兩小時才可以出發！而上船那一刻，不知從哪裏來的三輛電單車和一台小貨車硬要駛到駁艇上，於是大家又周旋了大半個小時才能起航。

因安全理由，艇上車輛都要用粗鐵鏈鎖上，旅客則要坐在露天甲板地上。而當日天氣並不穩定，三個多小時航程內飽受日曬雨淋，苦不堪言。金沙江上游兩岸林木稀疏，只有黃啡沙土和從洪荒歲月留下來的大石頭，景觀納悶非常，但美心竟拍了五百多張照片，自得其樂。

下船後又再輾轉經歷了三小時車程而終於來到村口。可笑的是「走原定路線」的大隊竟比我們更早到達，還已把背囊和物資都放到村民所預備的牛馬和電單車上，準備再步行兩小時進村！而當大隊浩浩蕩蕩地走進夕陽映照的山谷時，聽到陳同學低聲問美心：「你像經歷了很多事啊！」美心有感而發道：「從沒想過走『捷徑』原來比走大路更花時間！」

英雄別號

翁家俊博士（翁老師）

翁老師在陳英凝教授的團隊裏，還有一個別號——Hero（英雄）。被冠以這個別號，實在是當之有愧，原因它的由來只是因為一罐可樂汽水！那年第一次參與四川「探路」旅程，一連五天未能洗澡不在話下，步行的距離及難度亦是城市人的極限，再加上不習慣當地的飲食，所以一道對口味的餸菜或一口慣常飲用的飲料，已經能叫人興奮無比，甚至有「叉滿電」的感覺。記得那天我們走到村子的盡頭，大家都筋疲力竭，陳教授突然在屋子面前大叫：「如果有可樂飲就太好了。」可是我看着附近的環境，除了屋子，便只有屋子，並沒有店鋪，只好裝作聽不見的樣子繼續家訪。當進入那房子一看，發現這戶人原來在家中開了一間小店，只是因為顧客不多所以並非每天開鋪。我看到了！那些紅色罐的汽水。買了一罐給陳教授打打氣，意想不到她的反應比我預期的放大了十倍，甚至稱我為「Hero」，拯救了她快要死掉的身體！我們這一隊人的感情，就是這樣培養出來的，當然我在這裏所接受到的幫助，遠比一罐汽水多！能夠參與十年而不放棄的健康行動，無疑已超越了純工作的層次。帶領我不斷參與跑村工作的，其實是在這十年間種出來的友誼。

我師父

「在行內只空談而不做是沒有公信力的。要得到認同就要用雙腿走自己的『醫療人道救援路』。她總算合格。」蓮寧教授指着正在努力抄寫的我笑說。坐在身旁那二十多個興奮的學生即時轉過頭來看我的反應，而我也只好尷尬地笑着點頭。

老師教的是冷門學科。當年跟隨她的畢業生都到世界不常聽到名字的地方或國度工作。而整個學年她總是神龍見首不見尾，除了授課那數星期以外，大部份時間都不在國內。我最初只因好奇才去旁聽，但聽後從此就回不了頭。

班上同學大部份人都有戰地、自然災害的實地工作經驗，上課時眾人都像是胸有成竹般，但我那時候卻沒有工作經驗，所以只能將勤補拙做盡所有預習，上課時我總是誠惶誠恐。奇怪的是老師卻總是喜歡抽問我對議題的認識，還常當眾「稱讚」我的想法，她的關注令我不好意思偷懶，亦令這科目變成我研究院生涯中最勤力和積極學習的學科。一個學期下來，我由坐在講堂中最後排的位置搬到最前排，還拿了她老人家教學生涯中只給予了三個「A+」的其中一個，更被她邀請當起助教來。

而我在哈佛的教職一直到畢業前也沒有專誠告訴家人，到爸媽來參加我的畢業禮時，一位學生向他家人介紹我為「最喜愛學科的那位助教」時，我那兩位在旁聽着對話的父母還以為我跟那位五十多歲的以色列軍官學生夾計來戲弄他們！離開研究院時老師認真地勸勉了一句：「你要往世界各地跑來補充實戰經驗，然後再回亞洲區做這領域中真正的專家學者。到時我會來找你，給你打個真正的成績表！」

畢業十五年後老師果然沒有食言，真的來實地探訪。雖然已過花甲之齡卻仍有驚人的魄力和體力。剛在非洲工作了兩星期後立即坐了二十四小時飛機晚上到香港，同日清晨航班從深圳飛到四川省，再乘八個小時吉甫車到涼山州跟我們一起工作。

那仲春清晨，她每天雖然平均只有四小時睡眠，但仍然是精神奕奕，醒目有型。而我敬愛的老師臨行前還交了一封信給我，內裏放了我十五年前的成績單，還有她親手在上面寫了一個「A++」和一句：「繼續努力，發揚光大。」

突檢

「他們為甚麼到這裏來？」午餐時三十多位一直喧嘩不絕的同學看到軍車駛進我們那間以茅草作屋頂、極具東南亞特色的餐館時，一下子靜下來，氣氛隨之變得緊張起來。

「會不會是昨夜大家被發現過份積極地在互聯網翻牆？」事實上邊境地方通訊本來並不太方便，但同學們總有自己的辦法，也只可以說年輕人花在互聯網的時間遠遠超越對物質或食物質素的追求。

「可能是這裏近邊境地區不能拍照而埋下這禍端？」另一組緊張地討論着。那次項目點離開緬甸邊界只有十多公里，當隊員得悉附近山嶺已是鄰國邊境時，一班嘩鬼們起初便不斷興奮地拍照。其中兩位同學越講越怕，還立刻開始刪減手機中的照片！但其實他們的作品盡是山林樹木的寫真照，根本分不清是何時何地拍攝的，這麼慌張實在令人啼笑皆非。

「團隊負責人陳教授在嗎？」兩名穿着整齊軍服的軍人走進餐館後有禮貌地大聲問。一時間現場鴉雀無聲，只有幾隻蒼蠅不識時務地在大家頭上繼續亂飛。

「是我。」我舉手。

連陪同我走到那兩位軍人面前的思達和李護士長也顯得很緊張，低聲討論：「隊員的證件沒有過期吧！」「對呀！村委也應該早已把我們這幾天的工作向有關方面報告。」

較年輕的軍人走近望了我好一會才靦覥地說：「我曾在軍中課本上讀過你的工作故事。這次查考你們團隊的資料時發現陳教授也到這裏來，所以希望可以過來打個招呼。若可以的話，可以拍張照片留念嗎？」好個有驚無險！

兵大哥來了

李麗荷
衞生署退休護士長

有一次我們到雲南省的西雙版納做農村工作，一天中午時分有一位身穿整齊軍服的軍人來到我們吃中午飯的地方並要求見陳英凝教授，我當時心裏想為甚麼有軍人找上門？莫非我們有甚麼做得不對的地方？誰知這位兵大哥是專程來找陳老師的！他在互聯網上認識到很多有關於陳老師的工作和事跡，得知陳老師到當地農村工作，特意到來拜訪。我驚嘆陳老師的仰慕者真是無處不在，身為學生的我實在覺得與有榮焉！

「大理國度」亞熱帶雨林中的昆格人

「除了水災，最大的災害是大象跑進田地破壞，上次春天就因此傷了二十多個村民！天色跟今天一樣！」我和村長在芭蕉葉和茅草蓋的房子下躲避着傾盆大雨，不禁擔心正在這中泰邊境亞熱帶雨林山區做家訪的同事及學生！

我忍不住用無線電頻道呼籲：「隊員們，大雨，路滑及大象！」對講機卻傳回此起彼落的笑聲，真氣人！

「聽說村內將會有婚嫁喜事，可否請教一下昆格人的忌諱或習俗以便工作？」我把話題一轉，以緩和心情。現時國內布朗族昆格人少於二千，只聚居在雲南省大理附近西雙版納地區。他們的祖先因戰亂而渡過瀾滄江遷往泰國定居，相傳部份人在昆格山下捉蟹充飢而耽擱了趕路，留了下來。傣族稱他們為「空格」，即「遺留的人」。雖被歸為布朗族，但昆格人有自己的語言、服飾及習俗。

「昆格人自古不准與外界民族通婚，推崇一夫一妻及自由戀愛。但近年通婚漸多，現在結婚那對就是在鎮上打工認識。新人給村寨最年長的男性和父母敬酒後，新娘會拿起家中小櫈子和新郎走出家門。若當天寨中放養的豬從新人中間穿過，夫妻就會分離。同學要注意婚禮前村民都會很重視『一雙一對』，村內出行的人、牲口，所搬運的對象、食物，全都應是雙數。」昆格村長道。

慶幸這次團員有三十二人，司機八位，行李四十八件，帳篷六個，全是雙數。但想到自己身上有背包，小手提包及相機袋，立即把小包也塞進背包中，把隨身行裝變為兩個小袋！此時，雷聲又響起，我隨即在無線電再說：「隊員們，大雨，路滑及大象！」

村長不明白，我傻笑道：「要呼籲兩次！」

兩手空空

「目的地不是海南島嗎？只是四天行程，又不是到冰天雪地的地方，不用多帶東西。」兩手空空的金教授上車時見我們一臉驚訝時輕描淡寫地笑道。

其實她也說得正確，四月到海南島工作是又熱又濕。

那次睡眼惺忪的隊友們要在天還沒亮的時分坐車到深圳機場轉乘飛機到海南島。車駛到大學宿舍接金教授時，一眾隊員看到化了一臉精緻妝容的金教授在精神奕奕地等着，都忍不住七嘴八舌地討論着：「天呀！她竟沒帶行李！怎能支持五天行程？」

「我們要到中部、受瘧疾嚴重影響的山區，難道她不怕蚊蟲？」

「她更像去度假！」

事實上那天金教授只穿了一件薄透螢光色的風褸、麻質短褲、一雙精美的膠拖鞋，手中拿着一頂大草帽和一個小皮手袋。跟其他帶着大背囊、穿遠足鞋、運動衣及防蚊漁夫帽的學生及老師相比，金教授的打扮和裝備真的有點格格不入。

「反正應該沒機會沖涼，多帶東西也沒用。」一向很有性格的金教授上車後再說。最後金教授還是不敵眾人的擾攘，無奈地走回宿舍多帶了一條長褲和運動鞋，算是回應群衆壓力，加強了裝備！但因她仍堅持要兩手空空地出發，只把衣服拿在手中，我見狀，只好默默地替這位老朋友把東西放到我的背包內，令她可以繼續保持形象，瀟灑地上路。而金教授邊霸氣地望着我整理背包邊笑說：「放心，我甚麼都可以不帶，但腦袋一定跟着你一起出發！」

這些年來金教授多次「能屈能伸」地跟隨我們走到衞生條件不足、物資貧乏的地區工作。除了身體力行地支持人道醫學工作，她也積極協助學生去實地考察。以金教授平常極愛美又對高端生活有着永恆的追求，實屬非常難得，我也是真心欣賞這位好朋友。

我與豬先生有個訪談

金真希教授

一次中國農村的走訪中，當我們的家訪團隊在一個穀倉旁休息時，我有幸跟一隻大黑豬熟絡起來。透過使用我們的調查問卷，我開始詢問我的豬被訪者對他的生活環境是否滿意（一般），有沒有足夠的食物（有），是否接種了豬流感疫苗（沒有），以及有沒有經歷過任何自然災害（尚未）。我繼續進行訪談並問及大黑豬他的生活環境是否有乾淨的水（通常）、適當的廢物處理（沒有），以及是否有任何家庭成員在他的住所內吸煙，令他的健康處於極大的風險中（經常）。跟他的人類家庭成員一樣，大黑豬耐心而禮貌地回答了所有問題。

在訪談結束前，我問他：「你對自己的未來有任何憂慮嗎？」

他回答説：「我過着艱難卻有尊嚴的生活。但我非常憂慮城市化、氣候變化和人類人口流動的日益加劇，以及這些變化如何影響我在農村的福祉。鑑於人類健康、動物健康和環境健康的關係密不可分，您認為世界衛生組織的『一個世界倡議』能夠解決我這些憂慮嗎？」

這麼多年過去了，我還是會想起我的被訪者。我希望他在這個瞬息萬變的世界裏正活得安好。

慶生

「雖說是葬禮，但氣氛像『慶祝生日』！噢！天呀……！」小朱驚叫，發覺自己正踏着一塊不明來歷的骨頭，回頭更發覺整個山坡都散佈着被棄掉的牛頭、豬骨和羊蹄，差點嚇暈了。

那年春天我們到四川涼山彝族自治州深山中的小村工作，剛巧碰上漢人的清明時節，還獲邀參加九十三歲彝族老村民的葬禮。彝族人把長壽老人的喪事當「白喜事」來辦。親友牽着牛羊來拜祭，富裕家庭會宰殺幾十頭牛羊來款待賓客，條件較差的也會宰十幾頭牲口以示尊重。家屬會用木棍串起弔唁的帛金放在家中。縱使死者家徒四壁，後人也在房中央擺放了五十多串、每串一千元的帛金，以表孝心。

我們被帶到親友聚集的地方。彝族村民示意我們跟他們一樣蹲在地上吃獲贈的「坨坨肉」。「坨坨肉」是彝族葬禮最具代表性的食物，是用大鍋滾熟去骨的牛和羊肉。彝族人不用桌子也沒有洗手習慣，只蹲在地上用手撕肉大口地吃，非常豪邁。「坨坨肉」肉味濃郁單調，甚少吃肉的小朋友卻都吃得十分開心，邊吃邊唱歌。

儀式完成後，大夥兒浩浩蕩蕩地跟着送殯隊伍前往火葬場地。靈柩由四個青年抬到山上即場火化。火葬用的樹木很講究，只有威望高和年長的死者才能用砍伐的大樹。「這老人家長壽，整個山頭的樹他也有份種。這次子孫把他八十多年前種的那棵大樹砍了部份來幫助火化，火勢猛，兆頭好，老頭的後代也會命好！」村長解釋道。

小艷

朱迎佳

看着手機屏幕中這朵在雨中嬌艷欲滴的花兒，我的思緒飄回了拍攝這朵花的村莊。十年前在這個項目點的事情還歷歷在目，尤其是一位名字裏帶着個「艷」字的女孩。

因為留守村落的很多都是老人，説着本地語言，不能用普通話和我們交流。村長就幫我們安排了一些學生替我們當翻譯，小艷就是其中一位。第一眼，她明淨的笑容就給我留下了很深刻的印象。在走家串戶做問卷調查的過程中，她是最得力的助手。了解到我們一天的工作量，她會安排最佳路線，還會繞開村裏的大狗。我們的問卷並不短，但她全程都非常專注地替我們翻譯。

在工作的間隙，她會問很多問題，看得出她對外面的世界有很大的好奇。後來聊起來才知道，她和她的朋友們馬上要去城市裏打工了。因為學歷和年齡的問題，她們沒有其他選擇，只能進入熟人介紹的回族餐館裏幫忙。我有問過她想繼續讀書嗎，她笑了笑，有點無奈。

十年倏忽而過，不知道小艷現在過得怎麼樣。但我想：「白日不到處，青春恰自來。」這麼聰明又懂事的女孩，應該在任何環境中都能如花般綻放。

「長生不老藥」在關外

「老師，我們在山上家訪途中發現多枚『太歲』！」在東北三省春天大霧瀰漫的山野中，遠處傳來叫聲，原來是讀中醫二年級的鍾同學和公共衞生碩士的林同學。只見兩人興奮地叫着，沿着濕滑的草丘向我奔跑過來，還差點失控滾下這山坡！

「太歲」是肉靈芝的俗稱，被形容為特大型罕見黏菌複合體。挖掘出來形態多像肉塊，被中國民間視為古代傳說中能保居民平安的太歲神。又有傳說這正是秦始皇曾三次派人尋找的「長生不老藥」。據說此物罕見，價格高昂，能為這條赤貧農村帶來的潛在經濟收益可說是不得了。

因為好奇，我跟同行村委女書記花了差不多一個小時跑上山到「太歲」疑似出土的地點去查看。還沒有走近，已嗅到垃圾焚燒的味道。到達後驟眼所見，確實有多塊圓形膏狀、微黃灰色的物體散落在村中焚化爐及山澗之間。而三呎高的鐵皮公用焚化爐，容量看似應付不了隔壁囤積了有兩層小平房規模的垃圾山，河流還漂浮着不同種類的塑膠及廚餘，四周蒼蠅漫天飛舞。

女書記跪在地上，仔細地用樹枝攪打地上多塊「太歲」後笑說：「這漫山的『長生不老藥』

不過是未被完全焚燒的嬰兒尿片！其實整個山頭也是！不過相信秦始皇也會非常妒忌我們！」

我回頭看着林同學説：「若這些尿片不妥善處理便會是真正的『壽與天齊』，需要起碼四百五十年才能天然腐化分解。」近年農村家庭多放棄採用傳統較環保的嬰孩「開襠褲」而使用一次性尿片，對村內垃圾處理、水源保護及環境衞生都帶來很大壓力。

「明白了！那就讓我倆在三天後的村民教育活動上加入『滅絕偽太歲，保障真健康』這項目吧！我們立即下山去找其他同學商量！」説罷，這兩位熱心但有點心虛的同學便尷尬地跑下山，逃之夭夭。

塑膠回收站

「小二了。」母親一邊說一邊努力撥走兒子面上的蒼蠅。「我跟他爸從農村到城市來打工，本想改善生活，誰知有了孩子。他出生後一直就住在這裏。但條件許可我們便會立即搬走。」

那年到訪西部某大城市內一個專門回收廢棄塑膠、像標準足球場一樣大的社區。那區因回收量大但又追不上轉賣速度而囤積了遠超負荷的塑膠品。區內中央有一座差不多七層樓高的塑膠垃圾山，周圍堆砌着一幢幢搖搖欲墜，有大約兩、三層樓高的發泡膠箱、塑膠餐具和家居用品。除了有嚴重倒塌和火災風險外，整區因物品中充斥着未經處理好的廚餘和食材而引來老鼠、蟑螂及流浪狗等，衛生堪虞。

春天裏這臭氣熏天的地方既潮濕又多蚊蟲，但卻仍聚居了一班流浪居民，他們會用發泡膠堆起各式各樣的住所，例如那當建築工人的男孩爸爸便用發泡膠打造了一座出神入化兩層樓高的小公寓，家裏還養了四隻雞和一頭狗。

「回鄉生活不是比較理想嗎？」我問那應該只有二十多歲的媽媽。據說區中老幼都有長期喉嚨痛、氣管炎、胸悶和頭暈等症狀，健康狀況讓人擔心。年輕母親搖着頭堅定地回答：「我跟丈夫都很討厭年少時當留守兒童的經歷，所以一定要把兒子留在身邊，住在城中只望他有多些機會。」

「長大後希望做甚麼？」我問那頭上有四、五隻蒼蠅正轉動但仍正專心做功課的男孩。「我只想和爸媽一起。但其實可以回村內啊，爺爺奶奶那處地方又大又有山有水。長大後？我要當個司機到全國各地去。」七歲的小男孩充滿憧憬地說。

十面埋伏

「這地方，連羽毛也找不到一根，哪來孔雀?!」原本充滿期盼、穿藍色風衣的李同學沒精打采地說。

那次因高原大雪回程航機受到延誤，小隊決定用那幾小時到據說有野生綠孔雀出沒的野生雀鳥動物保護區去。春天林區雖然空氣清新，但早上還是蓋着濃霧而又潮濕。我們一行四人只聽到百鳥爭鳴，但甚麼也看不到。

「不如休息一會吧！」走了差不多兩小時，穿着紫色運動上衣的朱同學建議。我們於是在一處較開揚的位置坐下，正打算從背包拿出食物來「野餐」之際，竟來了一陣大雨，令大家狼狽非常。

短暫的大雨把濃霧澆散，也令四周變得異常幽靜。但再細看四周，竟又發現原來有十幾隻孔雀一直埋伏在茂密的草叢中，凝視着我們這班「異類」！而站在李同學身後大約四米的，是一隻巨大、顏色與別不同的孔雀。那隻巨鳥頸部羽毛為鱗狀且呈銅綠色，頭上有簇形的羽冠，目光銳利，樣子兇惡，一點也不可愛。

當那綠鳥意會到我身旁穿鮮紅外衣、但臉色蒼白的虞老師呆望牠時，綠鳥即怒目而視，還展開牠那「比站立着的虞老師還要高」的一大片尾屏。李同學回頭見狀即時驚恐尖叫。也不知為何，在場的雀鳥和「人類」也隨即和應叫囂起來！巨綠鳥鳴聲洪亮，不但把人類的尖叫噪音比下去，還讓其他孔雀叫聲顯得單調，像疲倦烏鴉的叫聲一樣。而正當我們想逃跑之際，那群孔雀反應比大家更快一步，一飛沖天去。最後，只剩下我們這幾個穿着色澤艷麗風衣的人類在地面上恐慌大叫，失威非常！

龍脈

「這些小童那麼早就走在路上！」家中有兩個小孩的周總幹事忍不住問。

在那滂沱大雨的春夜，因天氣惡劣導致所有航班都被取消。為了趕路，我們唯有將原本兩小時的飛機旅程改為十小時的通宵車程。為了令司機先生保持警覺性，我們三個人在車上談起着漫無邊際的話題來。而司機先生看似頗愉快，一直不停地發表對近年經濟發展的看法。下了整夜的傾盆大雨到了清晨近五時終於停了。探頭出窗外天，還是黑漆漆的，甚麼也看不到，只感受到風很大，而山谷中隱約迴盪着機械滾動的聲音，似是遠方的雷聲。

那段路駛過的兩旁都是稻田，汽車走在沒有路燈的小路上，車頭燈突然照到前面路上有幾個紅色、綠色的物體飄在地平線上，我們都被嚇得半死。

司機在倒後鏡中看到我們驚訝的表情便回應道：「這些小童住得很遠，家人又不想在這年紀把他們送去寄宿學校，所以他們每天起碼要走兩、三小時路才能回到學校上課去。」汽車慢駛經過，我們終於看到那幾名應該只是就讀初小的幼童，小小身影背着紅色、綠色書包，睡眼惺忪地拖着手在天還未亮的路上走着。

汽車一直往前走，路上遇上越來越多住在偏遠地區的孩子正在上學去。

過了半小時，我們在晨曦薄霧中再探頭出窗外，才發現原來山嶺上架着一排排、連綿不絕的巨型風力發電塔。司機再有感而發地說：「這些小孩以前可以自由自在在山上跑，現在卻要天沒光便出門上學，畢業之後也只能在城內打小工。那些山上的大風車，說是乾淨能源，但嘈音把大雀鳥也趕走了，說不定還把龍脈都吹斷了。」

霍亂驚魂

「這位拿香港身份證的去一號房，其他三位就去二號房排隊。」負責登記的護士木無表情地說。

內地同事見我滿臉疑惑，笑道：「一號房的大夫多處理『外賓』，水平和收費較高。」

那次到滇藏茶馬古道納西族村落工作，八十多人的團隊有多位因炎熱天氣、食物及衞生條件欠佳而相繼病倒。春季正值變種禽流感及豬流感高峰期，我們只好把其中六位發高燒並有嚴重症狀的同學送到七小時車程以外，只有兩位當值醫生的市級醫院去。

在內地偏遠地區，當病人去醫院，無論是甚麼症狀都一律要留院、吊鹽水和用抗生素。任何人都可以在醫生應診時旁聽、進出診症室、拿起桌上病人報告閱讀及加入個人意見。最匪夷所思的是那兩位醫生雖然沒有為病人作身體檢查，但診症卡上卻又能寫上如論文般詳細的檢查描述。作為旁觀者的我一直都默不作聲，只是當那二號房的醫生竟把同學的病情診斷為「霍亂」時，我忍不住跟他理論了三十分鐘。最後那醫生才不情願地同意要先作化驗，才決定同學是否真的患上

「霍亂」及向上級通報。

醫生派發一個像盛載試食飲品的小杯作盛載糞便的化驗器皿。可憐的同學們早已病得頭暈眼花，要走進那臭氣熏天、漆黑一片、糞便及衞生用品鋪滿一地的廁所，再在那小杯內留下樣本，還要把樣本送到四樓的化驗室，確是一項挑戰。同學們不停地進出洗手間，而我拿着手電筒站在男、女廁所門口當人肉照明器，及後還見依勵氣沖沖地走到背囊中拿消毒紙巾：「化驗室人員要我們徒手把糞便倒入測管內！」

忙了三個多小時，證實了一眾同學只是患了腸胃炎和感冒。當我回到那全無私隱、閒雜人等均可以出入自如的觀察室，只見疲態畢露、面色蒼白、負責看管財物和陪伴病倒同學的浩卓。

我問：「你沒事吧？」他沒好氣的說：「我讀到博士了，但這一刻才發現我甚麼都幫不上忙，只能守在昏睡同學的身旁。」

「保護病人尊嚴是最基本和重要的工作。」他聽到我這句話後望了我一眼，微微點頭，眼淚緩緩的滾下來。

初「心」

黃浩卓博士

公共衞生及社福的工作，跟其他工作一般，就算剛投身這事業時有多大抱負也好，都有機會被每日一連串的挑戰和繁瑣的職務慢慢磨滅過往的熱誠。回想起參與少數民族健康計劃，其經歷對當時的自己所帶來的得着，腦海閃出來的念頭離不開四個字：不忘初心。

多年前，在服務社會的路程中感到有點迷茫的時候，這短暫但有意義的前線工作令我尋回帶來使命感的「心」力：不論是在農村宣傳健康教育或進行健康評估時形成的「同理心」，見證衞生體系資源分配或知識不平等對個人帶來的影響而感到「痛心」，以致領悟到一個分享共同理念的團隊共患難時可產生的協同效應而呈現的「互信心」。

在這幾趟旅程中，感激的不僅是得到一段段難忘的回憶，還帶回由心溢出的抗逆力，驅使我今天可堅定不移，在慈善事業上盡力回饋社會。

我的「危機應急管理」第一課

周嘉旺

屈指一算，不經不覺認識陳英凝教授（Emily）已有十二年。當年我剛在無止橋慈善基金工作，適逢二〇〇八年四川地震，我們在四川涼山州一個偏遠貧困的村莊開展災後重建示範項目。因為當時團隊都是建築師，都沒有災區和應急經驗，所以邀請了中大醫學院協助，輾轉認識了Emily。

自此，我們十多年來也共同走遍大江南北不少偏遠村落。我們一邊帶學生調研考察、建屋修橋起廁所；她一邊帶學生做基線衛生調查，為村民提供健康教育，也同樣為學生帶來一次又一次難忘和別具意義的服務學習旅程。陳教授與我亦師亦友，旅程中我也樂於當她的好同房，晚上由工作苦與樂到人生目標、結婚與帶小朋友，無所不談。我們一般聊到凌晨兩三點才呼呼大睡，直至給她不知從哪裏搞來的「警號」鬧鐘鈴聲嚇醒！

帶學生「跑」農村，其實責任很重。偏遠山村路途遙遠，山路崎嶇，基礎醫療設施落後，當中有何交通意外、工地意外，學生有何頭暈身㷫，倒不是三分鐘就能有救護車隨傳隨到，完善的避險應急方案至關重要。

記得有一次我們一起去了雲南一處名為保山石頭城的納西族村子。那裏位於山頂，我們要進村，先要徒步翻過大山。我的團隊領袖都是男生，大概身手不凡，似乎不覺得有半點問題。我和Emily倒有點步步維艱，而我一邊走着，背上一邊冒着冷汗，並想着：「過兩天可以怎樣安排一眾嘉賓前來為項目竣工剪綵？」這件事情纏繞了我好幾個晚上……

到竣工的那一天，惡夢終於來了！我們和村長沿途陪伴嘉賓上山，途中碎石令路面變滑，其中一位我十分敬重的基金理事竟真的在山路中途滑倒！最終要靠村長等一行人攙扶進村，幸得Emily充當隊醫在村內協助包紮和照顧，總算沒有大礙……

那次竣工典禮最終還算順利完成，護送所有嘉賓安全離開後，心裏本鬆一口氣……誰知真正的惡夢原來還未開始！當我返回村子準備和同學收拾時，學生組長對我們説，村內陸續有多位同學上吐下瀉，還連帶發燒！啊，天呀！一波剛平，一波又起！這時Emily把她醫療人道救援的專長發揮得淋漓盡致，一步步教我如何周詳考慮現場種種的健康風險，分隔和照顧患病和健康的同學，分派小隊出村把同學送院治理並跟家長及各方有效溝通，以及作返港後的跟進安排等等。當時發燒要送院的同學有來自台灣、新加坡、香港及內地，各地的醫療文化和情況不盡相同，難免有些醫療文化上的「水土不服」。還記得當時有一個同學要化驗便便，姑娘派了一個像外賣盛載醬油用的小盒，着同學「取樣」後自行拿到隔壁的化驗樓。但眼見同學拖着病得乏力的身軀，我只好找了個膠袋把樣本盛着，替同學把樣本送驗。來到化驗員跟前，她着我徒手把樣本拿給她。當刻實在有點冒汗……（不過最後她還是用鉗把樣本夾走了……）

在路程中不幸要入院接受治療，要不要打吊針？打的是甚麼針？醫生處方的是甚麼藥物？因為語言、習慣、溝通和文化不盡相同，腦裏盡是問號。當下 Emily 和團隊給予的支持和專業意見，協助同學作出決定，對現場所有同學和隊員都成了最有效的鎮定劑。

十分慶幸，那次所有同學最終都安全返家。我也在實戰中經歷了一次健康與安全的危機應急管理課程。自此以後，Emily 成為了無止橋健康與安全委員會成員，協助基金制訂一系列避險應急預案機制，十多年來四千多位學生深入山村、攀山涉水，總算有驚無險、一路平安！感恩！

潑水節阿昌族

「村民希望可以跟你們一起慶祝雲南阿昌族的新年，準備了一點『潑水節』常吃的小食！」完成入戶調查後，村長帶我們三人小隊到村中臨時搭建的小廣場參加慶典。

春夏交替的時候室外分外潮濕悶熱，中午溫度更高達攝氏三十五度，但這無損村民慶祝潑水節的熱情。廣場播放着民族音樂，一眾村民唱歌跳舞，小孩拿着水槍互相追逐，蒼蠅在宴桌之間飛舞。

「請坐！我們是用手直接拿來吃的，試一下！」我們跟村長蹲坐在地上的小櫈，只見桌上放着豆豉米線、肉汁醬料、生菜、白酒和汽水。細看之下，發現醬料是用生豬肉碎、內臟、辣椒和酸醋所製；更驚覺滿佈在白色米線上的「豆豉」原來是蒼蠅，當我們用手拿起米線時，這些「黑豆豉」便飛起來了。

正當村長準備舉杯暢飲之際，小蘇跟第二小隊走回來。只見她整個人濕得像從水中冒出來似的。「我們的車剛入村，民眾便從四方八面把汽車包圍，司機更停車打開門鎖，任由途人興奮地拍打車輛，向我們灑水和射水槍！」她解釋。

事實上，我們入村時都看到婦女們捧着不同顏色、盛滿水的膠桶，小孩拿着重型玩具手動加壓水槍向車輛狂射，更有人嘗試拉開車門，幸好車門全都鎖上了。正當我們想問候緊隨小蘇身後、全身濕透的翁老師時，突然有數名村民走到我們身後，把手拿的水都淋到我們頭上！

「這是村民對你們的祝福！」村長見狀哈哈大笑道。

肥雞寫真

「大學既然已為教職員買了保險，陳教授，你為何還需要為團隊加大保額？」文職人員雖然用有點官僚的語氣在電話另一端詢問但還算公道有禮。我回應：「項目培訓基地位於災難風險高又偏遠的地點，若以相關項目的戶口為同學加大保額有何不可？」

早年大學機制未能配合團隊要到偏遠地區開展項目和教學活動，我們常要「挑戰」固有機制，在執行上充滿矛盾的學院指引困難重重。從處理冷門貨幣的匯率到應付為了給同學購買額外保險，我常要寫了備忘錄上書大學中央才能成事。

有一次，團隊為了節省十四間房的租金和減輕帶着物資趕通宵公車的壓力，二十七人隊伍原本打算在初夏清晨三時乘坐中港跨境包車到深圳機場趕六時半的航班，但因未有先例機制並不太支持，團隊要不停地筆戰了三個星期，最後還要附上二十五頁的解釋文件才能成行。這些年來幸好一直得到多位有心的前輩如沈祖堯教授、霍泰輝教授和葛菲雪教授等的鼎力支持，少數民族健康計劃這個教研平台才得以茁壯發展。而團隊在多年的試煉下也越見創意，其中最經典的要算是「肥雞寫真」。

「為甚麼把幾張『肥雞照』也放在報告中?」

又有一次寶儀遞上財務報告，見我疑惑地看着附件中的幾張照片後解釋：「這些照片是記錄我們在村長家中食用的那五隻肥雞屠宰前後的證據。第一張是幾隻雞屠宰前在農舍前漫步，第二張是肥雞變成數碟白切雞後。除了在村內拍下『食物寫真照』，我們還可以拿甚麼作證明?!」

大草原看日出

「就是這裏了。」司機駛到一處沒有地標的地方停下來說。我們探頭出窗外，只見漆黑一片，洪教授猶豫地說：「但外面風大空曠，只有三度。」

有一次應邀到內蒙作項目成效評估。甚少作實地考察支持機構合作項目代表張主管把四日三夜的行程安排得密密麻麻。幾天工作日間都忙得完全沒有離開過區內工作的醫院，最後一天張主管已嚷着要到著名的草原上看日出。雖然那時已是立夏，但草原晚上仍然風大甚至會下雪。當地工作夥伴最終還是抵不住他的苦苦哀求，答應帶我們走一趟。

於是那夜凌晨一時，我們便駕車到初夏夜空中還高掛着大滿月的草原上去。但公路旁漆黑一片的荒野，草原的公路平坦但風勢猛烈，天空還下着微雨。吉普車好不容易才能避免在公路上飄移，行駛了三個小時才到達所謂的目的地。

司機停車後見大家都不願下車，遞上指南針後續說：「太陽快出來了！車是駛不進去草原的，你們跟着指南針往東面走五公里就有一個石碑，是看日出最好的地點！」

經不起司機不停的催促了十分鐘，我們三人最後只好硬着頭皮落車，下車後在能見度極低、長滿了及膝雜草的草原上走了半小時，而張主管不斷投訴天氣太冷、下雨後草原寸步難行，還有黑暗中分不清楚方向等等。正當我和洪老師快要怒喝令人心煩的張某，天邊突然閃過多條電光，數秒後更響起震耳雷聲。站在空曠的平原上，刹那間大家也不知所措，但在閃電中竟看到司機提及的石碑就在我們前方。原來那不是一個石碑，是整群石柱堆，遠望還好像幾十個巨人站在草原中央等着。

那一刻天上又來了一陣傾盆大雨，在空曠大風的草原上沒有地方走避，我們只好加快腳步走過去石柱群。大雨弄得我們全身盡濕，張主管還不小心滑倒在地上，我扶起他時也分不清他面上的是雨還是淚，只能意會到他確是苦不堪言。

最後走到最高的石柱旁，剛好太陽從地平線升起，深灰的天空隨之變色，朝陽徐徐而出照耀大地，那大自然情景確是壯麗！我正想有感而發時，驚覺身旁的張主管原來一直在喃喃自語，再用心細聽，原來他在祈禱還依稀聽到他加上一句：「草原看日出實在太刺激了，還是留在辦公室工作好一點。」

明教拜火會

「既然老師下了『聖火令』可以『加議題』，我們就綵排吧！」自稱「光明右使」、精靈的楊同學叫道。興奮的學生們一下子便作鳥獸散，不一會還生了個營火。

那初夏深夜的星空下，我被同學拉到河邊，一起討論除了做針對這條涼山彝族村內環境衞生和傳染病風險的「人畜分隔」，「除積水防蚊蟲」以及「防洪水」外，還有甚麼值得加進明日下午的健康教育活動課題之中。

「老師，我們不如做防火備災吧！那位行動不便的獨居婆婆去年兩次差點被活活燒死！要找個方法幫助她！」嚼着香口膠的林同學説。怪不得我昨天下午見他背着行動不便的婆婆在村內走上走落，原來在計算逃生所需的時間。

「村內不是已經貼了很多防火宣傳海報嗎？」窩心的潘同學送上一杯自備「私伙」港式奶茶時間。

「全都以字為主，誰看得懂？還有，只針對明火的應變，一點也沒有提及電火的風險。」穿蝙蝠圖案運動衣的李同學拍着蚊子回應。村民家中大多只靠一個電插頭替全屋的所有電器充電，若負荷過重而失火便非常危險。

「還有室內空氣，以及垃圾處理和分類等。村民在戶內燃燒塑膠，一些還到鎮上撿拾被棄掉的電芯，貪其免費又易燃。但室內空氣污染積累會嚴重影響健康。」吃着蘋果的博士生何同學說。

「只剩一晚時間去準備，多加四項活動可以嗎？」但以陳同學為首的學生團隊都積極爭取，我也只好同意讓他們一試。老師們回營地休息時已是凌晨三時，而那班同學仍堅持繼續討論和排練。

第二天一大早，我在河邊梳洗，聽到村內婦女們談論着：「這些香港來的大學生很奇怪，不吸煙、不喝酒又不玩手機，就愛跟老師深夜玩拜火，大部份整夜也沒有睡！但這些年輕人都是頂好的，今早還替我們拾垃圾，下午去看看他們的活動支持一下吧！」

凌晨的感想——雲南

商書維

即使出發前三個月已經開始默默準備，由於很多當地的公共衛生問題是到達當地後才發現與原先估計的有所差異，因此我們到了最後一刻仍在忙着不斷修改及優化翌日的教學題材。比如垃圾處理的問題，世界衛生組織建議焚燒垃圾要離家居至少二百五十米，但是村裏每家每戶排列得密密麻麻，根本就沒有可能遵循。我們嘗試一一解決類似的問題，過程中不斷質疑向村民分享的健康教育是否真的有幫助並能夠改善他們的生活。儘管有些問題沒辦法完美地解決，我們都應竭盡所能。我們衷心希望村民能感受到我們的熱情和努力，而在過程中我們每一位同學都獲益良多。行醫亦如是，結果不一定每次都十全十美，不過我們身為醫生只要盡心盡力，深信病人與家屬都會明白和體諒。

風災後在熱帶雨林的「女兒國」

「這裏沒水、電、排污系統、更沒預留地方給務農為生的村民種植或養飼牲口。作為重建安置社區似乎不太合理！」我提出疑問。那年和我研究隊到海南省作風災重建社區健康風險評估。新社區建在公路旁，現代化樓房密集但「百無」，據說災民都寧願留在臨時帳篷而拒絕入住。

「但居民們可沒有投訴啊！況且森林的臨時居所簡陋又不能長期居住，搬遷後他們除了可免費得到一套新房子，還有足足二十年、每月五十元的津貼！」身形「富泰」、穿那年時興的豹及斑馬紋衣服、自稱是村長的女士說。

初夏中午走進在熱帶森林內的臨時社區，室溫度高達攝氏三十度。那裏物資雖匱乏亦欠壯丁，但卻是個充滿生命力的母系社區，房屋都是用茅草、樹木搭建。赤着腳的小孩們和雞、鵝、黃狗在颱風過後的塌樹間追逐喧嘩。家居食物蓋好、垃圾處理妥當，還搭建了多個共用小儲水庫讓老弱居民容易取飲用水。婦女們除了做家務，還會三五成群聚在一起按黎族傳統織布來幫補家計。

「這裏真正的領導是田婆婆。她本是村大夫，隨着年紀漸老家人又相繼去世，只剩下有自閉症的孫子相依為命。」婦女們帶我們到臨時木房搭建在大樹下快八十歲的田婆婆。而田婆婆被問到會否搬到新區生活時，搖頭答道：「那裏怎樣能生活？我們會一直住在這裏直至政府正視我們為止。」

那群居民最後在森林裏住了五年，在田婆婆的領導下搬到有水有電有田地的優化小社區。

九十五歲的大義工

「陳醫生，直升機會在五分鐘後送來一位九十五歲男災民。救援隊早上搜索時發現地震後被困破屋內六天的父子。除了皮外傷，身體狀況良好。但老伯和兒子年事已高，災區衛生環境又差，所以送到臨時救護站方便照顧。」聽了簡報後我們急忙走到停機坪。

直升機送來一批災民，但就沒有一位「九十歲模樣的老人」。最後有兩位看似只有七十多歲的男人來到我們面前，兩位在二〇〇八年四川省汶川地震劫後餘生的英雄。

我為他們作身體檢查時，全程沉默的老伯只禮貌地點頭，但兒子卻說過不停：「我爸雖是文盲但身體強健，九十年來每天風雨不改下田工作。地震時房屋倒塌才受了輕傷。今早獲救時，救援人員送上了多盒便當，老爸豪邁地吃了三盒後便投訴心口翳悶。」若非牙齒差不多掉光，腰背筆挺的老伯看起來比兒子還年輕。

「老伯的心電圖、血壓、生理指數都比年輕人還正常，應只是消化不良。我看你可能比他更需要幫助。」我留意到老伯的七十三歲兒子一直用手拍着頭顱，替他檢查時還發現血壓嚴重超標，再細問下他說：「地震後我忙於替老爸張羅生活所需和求救，忽略了自己的病情，慣常服用的血壓藥又失掉，很久沒有服藥了。這幾天常感到頭痛，現在還有點頭暈……」說罷兒子翻了一下白眼便倒下來。大家正忙着把他救醒，站在一旁氣定神閒的老伯搖頭說了他來到救護站後的第一句話：「年輕人身體要不得。」

往後數日除了每天照顧兒子，寡言的老伯成了救護站大義工。他用拾來的木材為救護站造了多件傢具，又為臨時病房裝電燈，還為多個孤老病者煮食和給予照顧。在他和兒子回家的那清晨，我們因事忙只能在遠方向離開的車輛揮手作別。回到休息室時，卻看到老伯製造的木枱上放着多杯紅棗桂圓茶，心中感到很溫暖。

蟲草採集營地

「到我家坐一下吧！」那寒冷的清晨，在川藏公路遇上因摩托車汽油不足而滯留的中年男子。替他解決了問題後，我們應邀到他位於兩小時車程外蟲草採集營地的臨時住家探訪。

蟲草是蝙蝠蛾的幼蟲在生長過程中被草的菌侵入後所形成的一種季節性藥材，在秋冬轉季時服用效果最理想。而因只生長在海拔三千米以上的高原地帶，積雪溶化後的三十天便是短暫的採挖季節，整個青藏高原地區在那三十天的時間往往像停頓了一樣，學校也會放特有的「蟲草假」來配合。居民會總動員帶着採挖工具，開着各式各樣的車前往山上。

事實上那幾天我們走過的縣城都是空蕩蕩的，藏區內都只有漢人剩下來，旅館多被收購蟲草商人全包了，要找住宿極為困難。沿途還有多個由民眾自設的臨時蟲草檢查站，藏民會帶着腰刀守着嚴查，提防不法分子偷採蟲草，途經人士要帶着「蟲草採集證」才能通過。

那個營地有數十個室內擺設大同小異、沒有廁所或自來水供應的臨時帳篷。「請進。」中年男子帶我們走進他家中。那住處中央放了木茶几，帳篷牆上掛着保平安的唐卡，地上擺放了存放白酒和啤酒的矮木櫃和一座保護財產的鐵夾萬，上面還放了個神壇。帳內兩旁有數張摺疊床，有三個小童在堆滿了紅綠毛毯的床上跳來跳去。

戶主太太送上油酥茶時，一個大約十歲的男孩拿着鋤把走進帳篷內。他的上衣和褲都給擦破了，額角還流着血，我連忙走近為他檢查膝蓋和手肘。戶住倒不以為意，接過孩子手中緊握着的那幾條草狀物體，驗查後大喜地說，「這幾條小草足夠幫補他來年的學費了！」

宿命

「我的英語是帶團時學回來的！」能用流利英語唱歌、三十多歲的小櫻是位健談的生態旅遊領隊。據她所說，初夏炎熱但可算是旅遊旺季，高峰期每天可帶七至八團。

小櫻的英語基礎是由有一對英籍、走到三峽作深度旅遊的退休傳教士夫婦學的。那時候傳教士夫婦探訪她出生的那條赤貧小村，因投緣聘請了當年已輟學但能說英文單字的小櫻做導遊翻譯員。

「我愛唱歌，但年輕時媽媽只想我在區內結婚生活。那時候這區經濟條件不足，我十四歲便偷走到重慶當上專門唱歐美流行曲的酒廊歌手。」湖北、重慶土家族世代生活在山谷裏都能歌善舞。小櫻靜下來，若有所思後續道：「那七年城中經歷雖精彩，但我並不喜歡那種生活。後來在城裏竟遇上同鄉的丈夫，又因三峽工程帶動山上生態環境旅遊業發展，最終還是回到村內生活。」近十年，三峽大壩帶動了旅遊業，像小櫻這一代的人都相繼回流到家鄉工作。

「希望孩子也留在這裏生活嗎？」我問。

「生態旅遊點大多偏遠，很多地方仍沒有學校配套，我女兒只可上寄宿小學。雖然少數民族得到國家學費補貼，但雜費每星期仍要一百五十元人民幣。我每帶一團約三十元人民幣，一年共工作八個月。」旅遊旺季一星期最多能帶四團，小櫻的工資已全用作供女兒上學。

當問及她對女兒的期望時，她說：「女兒希望唱歌，但我只望她能留在身邊，在這裏附近生活。」

金沙江上游的「獨孤求敗」

「老師，看！原來可惡的『獨孤求敗』還活着！」已是專科醫生的美心指着岸上叫到！這次已是美心第四次跟我到這條位於四川省金沙江上游的傣族村。

第一次走訪這條災後小村是八年前的春天，當時親眼目睹全村的土泥房都被六點三級地震所破壞，潮濕的空氣還瀰漫着牛糞及豬隻的氣味。村落的衛生情況也是極不理想，人畜沒有分隔，水源人畜共用，蒼蠅、牲口糞便隨處可見。百分之六十的居民聲稱有恆常的腸胃病，而五歲以下小孩災後每月平均腹瀉一次的比例更高達百分之八十五。

記得那時全村最乾淨的地方竟是一個雞舍，內裏住着一隻火雞。火雞本不是當地土生家禽，但據説因傣族居民熱愛鬥雞活動，火雞是出外打工的村民回鄉度歲時帶回來。這隻被我們戲稱為「獨孤求敗」的火雞，因贏遍整個地區的鬥雞活動而得到比人可為更優秀的生活條件，有專用飲水盆，也有竹棚分開飼養，還有一面坐地鏡子，戶主説是讓獨居的火雞可以有自己的倒影陪伴！

三個月後的初夏，我再帶同三十多名學生回訪。其中一個活動便是以飼養火雞作例子，推廣「人禽分隔對人類健康、公共衞生的好處」。同學還得到主人同意，把「獨孤求敗」帶來為活動「站台」。那次活動得到全村居民熱烈參與，我相信有部份是為了一睹深居簡出的「獨孤」風采而來！而有性格的「獨孤」不知為何，真的一見當時還是醫學生的美心，便積極地展示身上的黑彩羽毛，又踢腿伸爪！把可憐的美心追到河邊，令她跌進河裏，弄得全身盡濕！

今次初夏再回訪，村內衞生條件已大大改善，隨處還能找到當年所派發的救援袋和活動海報。當我們到達河岸邊，美心回頭，竟見有一群「獨孤求敗」向我們跑過來！她腳站不穩，拋下一句「天啊！為甚麼有那麼多隻！」便滑倒掉進河裏去。

船夫扶起美心時笑道：「這些年因為養

火雞是身份象徵，村民都紛紛在家飼養起來！就是這裏，也養了起碼二三十隻，我家也有兩隻！」

沉沒了的金沙星海

梁美心

「金沙江、馬鞍橋村、無止橋、村民活動中心全都消失了，浸在水底了！」Emily說。「甚……麼？為……甚麼？」我驚訝到說不出話來。

回想，就像昨天。

當年我們在金沙江乘風破浪、轉眼間原來已經是二〇〇九年的事了。那時、我跟Kevin和Tony跟隨着Emily，就像綠野仙蹤裏的稻草人、錫樵夫、膽小獅跟隨着Dorothy，作先鋒隊去四川金沙江馬鞍橋村做實地考察及地震後公共衞生問卷調查。

四川大地震期間，不單大城市遭殃，偏遠鄉村亦受餘震波及，馬鞍橋村便是其中之一，該村也是CCOUC與無止橋合作的其中一個項目。我們由香港飛抵成都後，仍要經歷一天多的車程，翻山越嶺後才能到達。馬鞍橋村的環境自地震後變得十分惡劣，大部份房子都倒塌了，許多村民要暫居在由帆布搭建的營地。村民說得到政府地震後的補助，但重建需時。日間，男村民忙着用

磚頭蓋房子，盼望能早日重建家園，而女村民則到農田耕作，維持生計。有一些年輕力壯、已出城打工的村民，也會從城裏回來幫忙。臨時營地的衛生情況也不太理想，有村民於草叢、地洞或河裏方便，甚至在動物糞池裏處理衛生問題，而小女子更曾踏在糞池上方的兩塊木板、一邊看着毛毛蟲在游泳、一邊看着蜘蛛在木板上爬來爬去，期盼着木板千萬不要折斷……而食水方面，村民沒有自來水供應，所以要去河邊打水，他們均沒有洗手、刷牙或煲水的習慣。

第一次去考察，也是人生中唯一一次三天三夜沒有洗澡，只是用濕紙巾抹身，用僅餘的水刷牙抹面，頭髮和衣服都是沙塵滾滾的。三天裏都是吃自己從香港帶來的乾糧，所以餅乾薯片罐頭都成為我的摯友。最後一天，村長為答謝我們來實地考察，準備了佳餚美酒。不過除了土雞湯及蔬菜外，其他食物都很辛辣，而米酒則濃度極高，對南方人而言有點吃不消。考察中我們訪問了很多個家庭，了解地震對他們的影響及他們對公共衛生的了解。臨離開前，我們去了一個較遠的山區，需要乘搭小艇渡過金沙江到河的另一邊考察，過程真是攀山越嶺，還要過江。哪怕是小小的一個水源，在公共衛生角度，都能影響整條村的健康。那時我只是一個小小的研究員，抓緊着夢想，盼望能一點一滴，以生命影響生命。

在這次前期考察之後，我們分別在二〇一〇年及二〇一一年再回到馬鞍橋村。這次不再是單單的四人行，而是與中大研究生廿多人同行，為的是公共衛生推廣（health promotion），健康支援和外展服務（intervention）。而無止橋團隊則為他們建築橋樑及兩層高的村民活動中心，以提升生活質素。這四年裏，村民都經歷最艱辛的日子，刻苦重建村落，學習打水煮食，建立自來水和廁所系統，衛生意識亦有所提升。隨着政府資助建立衛星及電視服務，村民的生活變得豐富多彩。而我亦由一個小小的研究員變為一個小小的醫學生，希望能透過醫學幫助更多的人，感謝Emily亦師亦友的教誨。

「星星閃、閃星星、亮晶晶……」回想馬鞍橋村帶給我們很多寶貴的禮物。小女子得到很多珍貴的友誼，心智也成熟了，夢想也實現了。四年後，我們四人更結伴回到無止橋所建立的渡江橋，在星夜裏唱着《青春頌》，難忘歌詞中「別忘掉原是以單純體恤每個災難」。最感動的，是最後一天與村民一起跳舞唱歌，感受他們對生命的熱情及單純的滿足。後來得知馬鞍橋村要變成水壩，村民要再次找地方安頓。最後馬鞍橋村、無止橋、村民活動中心在二〇二一年全都消失了、都浸在水底了……心中盡是難過……百感交集。

感謝金沙江馬鞍橋村，雖然你沉沒了，雖然過去所建立的都消失了，但你們在我心中留下了不能磨滅的烙印，永遠是我心中的金沙、夜空的星宿。

衙門組合

「『肅靜』姐姐原來真的這麼高大！」站在我身旁的黎族小女孩見身高六呎二吋、美麗的牛津醫科學生羅絲蜜從村內遠處走過來時驚嘆。

那年我們到海南島內陸、瘧疾嚴重的黎族小村作健康問卷評估工作。除了中大同學，也有四個牛津大學臨床醫學本科及研究生參加其中。雖然只是五月尾的初夏，但在熱帶的內陸地區已達攝氏三十多度的高溫、潮濕又多蚊蟲的叢林中工作確實是艱苦，但廿多個年輕隊員之中，投訴辛苦、多蚊叮蟲咬都是男生。

唸醫學亦是牛津欖球隊隊員的羅絲蜜最為特別。她外形高大出眾、性格開朗、不怕苦又愛笑，第一天已成功融入團隊之中。但因不懂中文而被編配跟只有五呎高但愛説話的小尢為其「工作拍檔」。隊員和村民們都戲稱她倆為「肅靜」和「迴避」；羅絲蜜既斯文又安靜而小尢卻是大聲又豪邁，合稱為「衙門組合」，就像衙門門前那對一高一矮的官差一樣相映成趣。但兩人出奇地合拍，是跑村效率最高的組合。

「老師，這裏的荔枝果真巨大！果肉還是心形的！」羅絲蜜右手一粒巨形大荔枝、左手一隻雞蛋興奮地叫。而小尤跟在她身後有默契地搖晃着一大袋「鵝蛋荔」和一袋雞蛋。「鵝蛋荔」理應是北部盛產，但中部居民也很喜歡這水果，所以常買來宴客。「鵝蛋荔」暗紅龜裂的皮中帶綠色，雖不是真的像鵝蛋一樣大，但比普通荔枝卻大了一倍有餘。

村民們對「衙門組合」確是特別喜歡。小尤笑着再解釋道：「老農戶們一見羅絲蜜身高又敏捷，便嚷着要她換掉天花吊下的燈泡。這天起碼已換了十多戶。一大包『鵝蛋荔』和兩打雞蛋就是村民追出來送給我們的！」

再用水

「老師，這幾瓶原封樽裝水很『新鮮』，比啤酒更值錢！」村長向我遞上他們珍而重之全新密封的飲用水。雖然我在工作中一向不大喝酒精飲品，那次活動當攝影師的黃大哥見狀，卻跟我輕聲說：「我倆不如跟他們喝啤酒吧！既清熱又不想用了他們寶貴的資源。」

事實上，我們在村口看到四周也堆放着三層樓高的回收塑膠水瓶，而村民大多用這些舊瓶來盛載已變微啡的開水飲用。

這條位於古絲綢之路甘肅的小村近年飽受氣候變化的影響，雨量驟降令河流改道，林木都變成枯黃色，全村大部份時間都是沙塵滾滾。三百多户因地勢分散各處，而全村又只得一口快乾涸的水井作主要水源，多在家中以大小容器蓄水自用。雖然該地區沒有瘧疾或登革熱等傳染病，但沒遮蓋的各式「積水庫」成了蚊蟲滋生的溫床，衛生條件惡劣，肚瀉情況日趨嚴重。從我們走進村的第一天開始，每人各自都有一群蒼蠅「跟班」，非常熱鬧。

「這裏嚴重缺乏水資源，應盡快遮蓋水源以作保護；應處理積水以防蚊蟲；太舊膠水瓶不宜再用；有蟲的水不可用來餵飼牲口；不要直接用手進食；統一清洗餐具可以省水。」村長點頭再反建議：「請你們把洗臉、刷牙的水都倒到水桶去。用健康人士的清洗用水來餵養牲口應該沒問題吧！」

「若食用水量也不夠，可以怎樣倡議用二十秒去洗手刷牙呢？」林同學正喃喃自語時，有一隻蒼蠅突然飛進她口中，她立即嘔吐，還差點昏倒過去。

事緣我們數月前到村作評估訪問時剛巧遇上村內久違的微雨，農民們都很高興，還視我那小隊為「幸運福星」，因此當我們跟村長建議作關於「洗手、刷牙和慢性疾病預防」等健康教育活動建議時，村委會都全數接受還答應全力配合。但這兩天在村內作村活動準備時，小隊成員們越想越覺得不對勁，建議的活動跟現實情況實在有着巨大的差距。

最後，我們十多人一致決定通宵把活動題目更改過來，重新編寫過話劇內容，把它改為「怎樣可以既節約用水又保持健康身體」、「防止蚊蟲傳染疾病」和「塑膠垃圾處理和公共衛生」等，然後再重新作準備。一隊人五個晚上，每人平均都只睡了二十多個小時。

結果天公又再造美。在那個正值芒種節氣的傍晚，當我們傾力地在搭建於農田中央的室外戲台上公演那齣健康教育話劇時，突然又下了一場及時雨。除了紓緩了農田的乾旱外，這場雨又一次令村民加強對我們的信任！而在場所有人雖然都被淋得全身盡濕，但大家都很高興，心中都為村內紓旱的及時雨而也吁了一口氣！

在拐村拐彎

黃智誠

位於雲南省東部曲靖市師宗縣龍慶鄉的拐村，得名自南盆江在村外拐了一個彎。我和CCOUC團隊在二〇一三年秋和二〇一四年春兩次到訪，在這有限的篇幅我只得把兩者混為一談了。我們先由香港飛抵昆明長水國際機場，雖然名為國際機場，但那裏航班不多，有種空洞的感覺。然後我們分乘二輛四驅車沿着公路開了六到七小時到達龍慶鄉，進村的最後幾里路就只能轉乘村長和另一位村民開的兩輛「麵包車」（小型客貨車），在崎嶇和顛簸不平的山路上有路沒路的開了超過三小時，不知下了幾個坑，拐了幾個彎，看着天色漸暗，只有車頭小小的燈光照着前方幾尺的路，不免有點擔心（更驚險的是回縣城時有一輛「麵包車」進了坑，要團隊成員下車協助推車，弄得一身都是泥濘），天黑時我們終於看到村裏微微的燈光。由於路途遙遠，我們選擇留宿在村裏；我們一行十二人，包括來自德國的Jonas和荷蘭的Anne，就住進村長房子閣樓存儲糧食的地方，把露營用的地墊往地上一鋪，就各自鑽進自帶的睡袋裏，晚上還聽得見老鼠在屋樑上走過的聲音。留宿在村裏跟村民吃一樣的東西，上一樣的旱廁（一些組員還上得挺多），讓大家對當地的生活和面對的限制有更真切，甚至是震盪式的體會。那幾天還下着時大時小的春雨，地上滿是泥濘，但大家擔心的反倒是白天的備災和健康教育有多少村民會參與。其實克服（無視？）種種的不便和困難反倒令我們的旅程更難能可貴：除了田野公共衛生推廣的演練，離開 comfort zone（包括天天洗澡的舒適），鍛煉拐彎式的 problem-solving skill 不也是這種實地學習要達到的目的嗎？

荷塘月色

「不愧為魚米之鄉！這頓晚餐很豐富啊！」小麥驚嘆着那頓有涼菜、水煮酸魚、籠蒸糯米飯和村民自家釀製的米酒的晚餐。尤其那條滾浸在酸鍋裏的肥大鯇魚，魚頭和魚尾已佔了半張竹桌子，多霸氣！

三個小時的晚餐後，村長帶我們散步到能俯覽全村地貌的山上去。那夜正值月圓，我們從村中央的荷花池塘開始走着，在月影下看到池塘浮着幾片大大的翠綠荷葉，有多隻暗紅色的蜻蜓正悠閒懶散地低飛着。

走在那條建在林木中、沒有路燈的上山小路上，因只能靠着樹縫間漏出的一點點月光照明，我們幾個城市人走得頗為狼狽。而村長見狀帶着歉意輕嘆道：「大家慢慢走，小心一點便可以。這幾年村內發展雖然迅速，但老村民還是反對安裝路燈。」

我們就這樣靜靜地向仲夏夜的山丘走上去。小路在中段過後漸見開揚，在帶着花香的山丘上，還聽到樹上蟬聲和塘中蛙聲此起彼落，倒覺十分熱鬧。到了吹着微風的山頂，看到月色倒映在村中央的大魚塘，那個村標誌性的鼓樓的輪廓也被投影在浮着幾片大荷葉的塘中。

「那公塘是村民的共同產業，去年除了擴建，還加建了一座大公廁來配合日趨增多的遊人的需要。」村長說。在月色映照下，我們清楚看到公廁的排污口是往魚塘去。再細心看，發現村中每户都建有小魚塘。回想後駭然明白縱使村內已有水電供應，村民大多沒有在家中建廁所，原來只因村民仍然崇尚把自家魚塘當作是生態環保廁所來順應自然呼喚！

「晚餐的那條水煮魚，莫非……」翁老師突然問。「那正是這魚塘養出來的精品。專門飼養以款待來村工作和探訪的上賓。」村長神氣地答。

戀愛見證

「學生又不知跑到哪裏去了！」翁老師用電筒細照下，發現在侗族鼓樓營內有一半以上的睡袋都是用衣服堆砌出人形的「空」袋！於是我們幾個老師在滿佈繁星的夏夜，睡眼惺忪地走到廣西和貴州省交界的三江河邊尋找學生去。

晚空雖仍清涼但並不冷，而且蟬聲處處。終於在深夜二時，我們於江邊石灘上找到那十多個正在興高采烈地夜觀星象的學生。「被發現」的年青人都異口同聲說因不能連接上互聯網又睡不着才出來走一趟。而最受男生歡迎的恬兒還指着河上游那條「風雨橋」笑說：「那邊兩個才是真的最浪漫。」

事實上帶學生、研究隊到偏遠地區工作，曾經多次見證年輕人在旅途上譜出戀情。有男生在四川涼山州背着扭傷腳踝的女生走下山，自己累得快暈倒仍堅持抱着心儀的女同學不放。另一次在雲南古鎮工作，那男女組員每天總是吵鬧着，但在六天工作後竟然又拍起拖來！這兩對最後都能修成正果，終成眷屬。

話說回來，那晚在三江，老師們都因好奇走到古橋去查看究竟。在夏夜有蟬聲和吹着微風的叢林走着，我們聽到木橋那邊隱約傳來像「歌聲魅影」一樣的男聲，十分詭秘。但我們走近橋邊旁時，才知道那原來是男生情深款款地對着女生大唱情歌的聲浪！男生走音的唱功實在令人不禁失笑，但女生卻又似非常受落，在月亮照耀下只聽到她拍手讚賞和笑聲！其實我們在橋下的叢林又確實感受到那般濃濃的戀愛氣氛。當看到男生唱畢、準備吻向女生臉頰之際，大家都緊張得屏息以待！誰知道那一刻，站在我身旁的小詩因錯腳踏在牛糞上突然尖叫起來。此舉令橋上那對「準」情侶即時應聲地望過來，暴露了我們這班中年橋底「偷窺」者，大家尷尬得即作鳥獸散，好不狼狽。

但那晚我們確實是當了他倆的「戀愛見證」。故事中兩位主角後來更結成夫婦，還剛剛生了孩子，恭喜恭喜。

六月飛霜

「那戶主說他家的那個木櫃是從清末時期保存到現在的珍品！」

「這不公平，我的小隊為甚麼要負責這麼多的工作？」

「但出發前已協議過！」

「你們改用紅色，但我們那組用黃色喎！」

「我們那戶的女戶主一大清早便請我倆喝啤酒！」

滿族聚居的東北地區六月份天氣一向清涼，但那天清晨後天空變得灰濛濛，下着毛毛雨，而室外溫度更在三小時內驟降了八度，只得攝氏四度左右。同學們那天出門時大多只穿了一件薄外衣，見到天氣突然變壞，只好召喚各小隊回到村校暫避。那二十多位同學被「困在」小學課室中，幾位有心的女村民們搬了數個火盆到學校的班房中，一些同學嘻哈大笑，畫着黑板，另外幾個又喋喋不休地爭吵着，嘈吵得很，好不熱鬧！

「這雨為甚麼這樣厲害！咦！你們看！」大家聽到一直站在窗邊的小劉説後立即靜了下來。這時室外正下着大雨，只見一位駝着背，矮小的老婆婆正在雨中推着比她還要高、堆滿粟米的牛車經過。這班同學們對望了一下，便像一群蜜蜂般湧到室外，在雨中追着老婦去幫忙，而幾位助教老師拿起雨傘，又忙着追着出去為同學和老婦人擋雨。

「老師，這是霜雪！原來『六月飛霜』是真的啊！」小羅跟大隊走出去，走不到數秒就已經全身濕透，但只見她高舉雙手沾了雨水，回頭既驚訝但又興奮地向還在室內的我揮手叫喊！

這班正讀大學、研究院的高材生，其實還像一群小朋友一樣，單純、善良。而我遇過的中大學生都對人生充滿理想，是有承擔的年輕人，要被好好珍惜、保護。

神羊教

我們沿着最高點的碉堡往山寨下行，羊圖騰隨處可見。依山而建的碎石路非常難行，走在這些倚在山崖的石路上，一陣陣的浮雲在我們身旁掠過，據説很多腳部患有風濕痛症的老居民，常在縱橫交錯的山中巷子失足受傷。

山寨內住房分佈在錯綜複雜的小巷中。探頭查看，寨房內環境大多既昏暗又煙霧瀰漫，雖有電力供應但大多只裝上一、兩個燈泡以作基本照明之用。屋內混雜着火塘燃燒宗教儀式用的柏樹枝、吸煙及煮食的氣味，纏繞在衣服後味道會久久不散。橫樑木柱懸掛着毛皮、鮮艷的雀鳥標本、祭祀面具、羊頭顱骨和羊皮鼓。除了崇拜羊，各戶都把天、地、山、動物，以至毛主席肖像當作神靈來供奉。

「這一帶的山寨在地震重建後，都爭相發展成生態旅遊點。這山寨雖還沒趕得上全現代化，但使用塑膠和吃包裝零食卻成了常規，真的不像樣！」王村長説着搖頭跪在地上，伸手把數件漂浮在引水道中的塑膠垃圾拾起。這古代地下供水系統，除了提供用水，還用作調節室內溫度，消防設施和軍事暗道。現在水雖清澈，但總漂着垃圾和啤酒樽。

博物馆

「那是甚麼？」我們走到山腳，小蘇指着門樑上垂下的一排像燒焦了的木板。

「是不同年份的燻臘肉，黑色那塊『年紀』比我還大！應該有六十多年了！地震山崩時村民也帶着『它們』逃生！」村長笑着回應。醃製臘肉對羌族人來説不僅是食物，也保存了生活和記憶。家中臘肉保存越久，越顯得豐衣足食。那塊臘肉若真有六十多年歷史，應見證了近代中國大事如汶川地震等。

「教授，這十多年來氣溫變得悶熱潮濕，這些『木乃伊』真的還能吃嗎？」小哲輕聲地問。怎料村長聽到後竟説：「我也想知道！寨後那高山積雪也快完全消失，寨中多了蚊子蒼蠅！有村民更打算開始供奉它們呢！」

臘肉

沈思彤

我們剛到四川休溪村，便看到村民為我們精心準備的午餐。烈日當空，桌上一大盤臘肉油光閃閃。我知道臘肉須用大量的鹽來醃製，於是心裏暗忖，想着要在後天的健康教育活動上勸誡村民們少吃這種非健康食品。

飯後，我們分組進行家訪，村長則為我們擔任翻譯。一進門，映入眼簾的是一列列倒掛在天花上的臘肉。

「有些臘肉晾了十年以上，晾得越久便越珍貴！」村長見我滿眼好奇，便解釋臘肉在羌族是每家每戶的上等食品，每逢年節必用以款待客人。天花掛滿臘肉則是富貴的標誌，羌族人都為他們的臘肉而驕傲。說到這裏，村長難掩他的自豪。

晚上我們回到旅館，食餚又是以臘肉為主，油光依舊，卻比早上多了份人情味。這彷彿提醒我日後行醫必定要了解每一位病人的習慣或想法背後的故事，才能真正達致仁心仁術。

醫學培訓最難的部份不是鍛煉醫療技術，而是培養人道主義精神

鍾芯豫

「醫學培訓最難的部份不是鍛煉醫療技術，而是培養人道主義精神。」

二〇一九年盛夏，我有幸在陳英凝教授和 CCOUC 團隊帶領下到訪四川休溪村，為羌族村民進行公共衞生教育和健康干預。出發前必須完成的網上課程讓我了解到公共衞生對社會醫療體制的重要支撐作用。其後，我們在中大進行深入培訓，認識中國三農問題、災害救援包製作等。我的小組設計了以話劇和口號為主軸的干預計劃，告知村民燃燒塑料和農藥容器的健康影響，並以互動遊戲教育他們如何正確將垃圾分類處理。

旅途上讓我感受最深的是到訪村民家進行健康調查。我本以為只需簡單完成健康問卷，經歷後才明白調查的過程同時是干預——我們藉機會了解村民對健康的認知，引導他們改變有損健康的習慣。由於休溪村地處偏遠，村民很少獲外界的教育支持。他們只聽說過「糖尿病」、「高血

壓」等某些疾病的名稱，但不知道其嚴重程度以及如何預防。廢物處理方面，透過健康調查，我們發現多數村民在不知道有害健康影響的情況下焚燒塑膠和電池。當我們告知村民此舉會危害肺部、眼睛後，他們才恍然大悟，明白為何燒垃圾後感到不適。村民承諾不再燃燒塑料和電子廢物，讓我們感到很欣慰。最窩心的畫面是一位伯伯在我們離開後，堅持站在陽台向我們揮手道別。

為對社區廢物管理帶來更持續的影響，我提議村書記建造小型垃圾堆填區，並利用地理知識提醒他鋪設防滲塑料層，以免污染土壤。正如陳教授所説，四川之行是一趟「智力外展（intellectual outward bound）」，短時間內裝備了我公共衛生、災害應對、農村社區和中國文化知識，亦讓我深明環境管理與健康的密切關聯。我深信休溪之行不是終點，而是我踏進人道主義事業的第一步，繼續利用我的跨學科背景在公共衛生上作貢獻。

用得其所

洪凱兒博士

跑過了一點前線發展項目後，我常常思考如何令資源真的用得其所。經驗和機遇以外，基本調研，甚至學術研究，可以有甚麼角色？跳進校園，想理解在公共衞生領域中學術研究為何物，是否真的可與前線項目結合。埋頭學了點皮毛，有幸遇上了 CCOUC 的少數民族農村健康計劃。四川省阿壩藏族羌族自治州休溪村一行中，本科同學的熱誠、認真和活力給予了團隊很大的力量，自己也盡力和同學一起探討前線項目與學術研究的關係。撇開基本運作和語言上的挑戰，前線環境本來就與學術研究的某些金科玉律有所衝突——如有關對照組（control group）要求的可行性和道德性。要把前線計劃和學術研究相互配合必須既創新亦謹慎。讀着 CCOUC 發表的學術文章，總有一份莫名的感動。或許某些研究方法在細節上未能完美，但能在大數據主宰的世界中聽到邊緣人口在國際學術期刊中發聲，着實讓我看到前線項目和學術研究產生協同效應的可能性。

留下來的人

「老師吃過早餐嗎？」早上六時跟四十個隊員一起輪候白粥饅頭的嘉寶從操場叫上四樓的天台來。穿着羽絨冷帽正用五彩膠條跟羌族老人做拉筋運動的書維、思彤、芯豫及 Tayyab 聽聲抬頭，看見站在山羊圖騰旁的我時興奮地揮手！老人們見狀反過來叫「分了心」的學生繼續跳舞，搞笑非常。

那是二〇一九年六月下旬，我們走到山頂長年積雪、有八百多年歷史在山崖上的羌族小村。雖然已是夏季，但在二、三百米的山區工作，清晨仍覺寒冷。穿了厚羽絨戴了手套圍巾的思達、翁老師、邦老師、竣堯老師、小哲、小杜、苗媽媽、楊教授及鍾教授等每夜只睡三數小時。而身在香港的佩茵、嘉琪、智誠、陳副所長、洪教授及仰山教授因擔心團隊安危也是全天候支援。當然不得不提要在九十六小時內穿梭汶川和北京的錦欣、世衞茅野醫生和中大胡教授。奔波勞累都只為在星空下向學生講故事，讓年輕人知道老師們都願意相伴成長。

「據你所說教學早已達階段性的目標，經費亦已用完，還再帶學生出來嗎？」在屋頂正跟我研究着拍攝位置，來自北京中央電視台為活動製作紀錄片的竇導演突然問。「一定有方法繼續，留下來也只是為了替年輕人找機會。」

竇導演聽後笑着點頭。晨曦大霧下着飄雪，但無礙山谷迴盪着老師和年輕人的笑聲，久久不散。

我們一起走過的路

何錦欣

跟 Emily 一起走過的路，不能說很多，卻也一定不算少。

認識她的時候，我倆還是學生，一個在香港、一個在美國。畢業後，我當上記者，她在讀書／工作以外兼顧很多義務工作。那年，伊拉克戰爭如箭在弦，我有幸通過當時在香港無國界醫生擔任主席的 Emily 幫手聯繫，得以到烏茲別克跟隨當地無國界醫生隊伍，追蹤運送醫療物資的情況，採訪戰圈四周的緊張氣氛。那時我們就說，日後一定要找機會一起「出隊」啊！

退下當記者的火線後，輾轉來到了大學，終於和 Emily「共事」。早些年，遇着學生在校內抗議集會，我因職責所在定必在場，而 Emily 在港的話，總會帶着自家急救箱，低調地到場，以備不時之需。我們就這樣邊談邊看的情況下，度過了不少不容易的日子。

及後終於有機會跟 Emily 的團隊到四川透過做支援災後重建工作進行經驗教育（experiential learning），將當年在特區政府工作時支援四川地震的工作經驗與學生分享，實在難得。旅途上，學生們熱情投入，日以繼夜又夜以繼日的出盡法寶，務求做好他們的健康教育及防災工作，我被一張又一張真誠的臉打動了。實在難以想像我們的學生在連續數晚因酒店自來水供應受限而連洗澡的機會也沒有的情況下，仍然敬業地堅持下去。我們的學生實在有無限可能！

我常說 Emily 過度活躍，是真的。那次在四川，我需要臨時在旅途中加插一個行程到北京進行另一個工作，只能趁在航班上的時間稍事休息。那邊廂的 Emily 每晚跟學生長時間的討論、修正不同的方案，也是忙得不可開交。當累得不似人形的我返抵四川機場，心中暗忖「我還是早點去睡」時，活躍的她還是拉着我去吃火鍋再有後續節目……「我明早還有一節課要講啊！」我說。「豁出去罷！」她說。兩個臉上都掛着大大的黑眼圈的中女，那晚不知玩到了哪個時辰，翌日八時還是按時用早餐（厲害吧?!其實是需要一杯黑咖啡的），再講了四十五分鐘課。沒有 Emily 的鞭策，一把年紀的我應該未必可以應付這樣的行程。多得她，挑戰了一次中女極限！

常認為教育是最值得投資的項目。Emily 以身育人，我在我們的學生身上，見到很多 Emily 的影子。也願學生們的佳美腳蹤，走遍全地，為有需要的人帶來幫助，承傳 Emily 的身教。

俠之大者

胡志遠教授

繼二〇一六年的朝鮮平壤之旅，我和 Emily 在二〇一九年再度攜手，前往四川省阿壩藏族羌族自治洲，為汶川地震災後徙置的少數民族開展公共衛生和保健計劃。

和平壤之旅的輕裝上陣不同，今次活動陣容龐大，總共有五十多位中文大學師生參與，實行寓教育於服務。此外，我們還有幾位特別組員……國家中央電視台的隨團採訪隊。他們對 Emily 將醫療人道教援和醫學教育結合在一起的模式很感興趣。同學們的準備工作絕對是一絲不苟，無論是住戶的衛生調查，以至大型活動的籌備等，都經過精心安排。更難得的，是即使到深夜時分，Emily 仍然親自指導每一組同學，務求將成效做到最好。我明白她的苦心，是希望每一位同學都能直接從她身上學習到，不單是知識和技術的傳授，而是工作的熱誠和態度。

旅程末段接受了中央電視台的訪問，讓我介紹中大醫學院的教學理念，怎樣培育醫科學生成為仁醫。我的回答是，中大醫學院的教育，是生命影響生命，老師以身作則，成為同學的楷模。

我們慶幸有 Emily 這位老師，為中大醫學院締造不一樣的醫學教育。Emily 活在眾人當中，既是領袖，也是俠醫。正是金庸先生所言：「俠之大者，為國為民」。

四十二章經

「老師，我們都參不透這究竟是路還是河？」幾個研究生拿着手中那張簡陋手繪地圖，正研究着上面那一條籃色粗線好一陣子後問。

「是條河。那條小村位於沒有道路、農房又分散的長江上游，來回村內各處都只能靠坐快艇來穿梭。」我答。

早年衛星定位地圖還未覆蓋偏遠地段，為方便工作安排，我們經常要靠手繪地圖來記錄地勢和農舍分佈。這工作頗受隊員歡迎，因我們只要求地圖能清楚表達信息和地方距離，並不限制繪圖的方法和物料，是發揮創意的好機會。

有一年我們走到重慶貧困山區，小暑炎熱天氣溫差不多攝氏四十度，陽光猛烈，颳起的風也是悶熱難耐的。研究團隊成員大多不願意走在室外，創意無限的陳同學整個下午卻不辭勞苦地四處走動，最後還替大家製作了一張用上深紅啡色顏料作地標的地圖。她主動為地標解釋：「這都是村民劏豬屠牛的地方。」我好奇問：「記號所用的顏色特別，是從哪裏來的呢？」

「這裏天氣乾燥，畫圖時我剛巧流鼻血，決定用自己的鮮血來表示對屠殺牲口的憤怒。」

另一次，兩個滿是鬼主意、都是姓林的同學畫圖後走回營地。「林一」一見面便恭敬地送上繪畫精細、比例清晰的地圖。還來不及欣賞，「林二」便遞上另一張以3D卡通模式把整隊團員的個人特徵也加入的「進階版本」。我接過地圖後，「林二」把一枝紫外光電筒向淡黃畫紙中央一照，竟顯示出「四十二章經」五個大字！

原來那兩個小鬼用「魔術筆」在地圖中留下多個隱形密碼，細看下還有兩首打油詩和當天八支跑村小隊工作位置紀錄。「林一」還神氣地指着一個奶茶圖標說：「這是送給你的！我們身處的這基地是龍脈所在，是裝滿杯麵、糖果等零食的寶庫！厲害吧！」

殘菜

「這山谷生長的蔬菜都異常的綠、大！」對耕種一向有點研究、當攝影師的黃大哥跪在菜田中「檢驗」那像西瓜般大的生菜，更驚訝整遍農田裏竟全沒有雀鳥甚至昆蟲的蹤影！

那仲夏我們走訪了位於雲南省紅河哈尼族元陽梯田地區，雖然那裏依地勢而開墾的梯形農田多採用傳統耕種方法，但我們身處的那個山谷是地區中難得的一塊大平地，於是當地農民用盡方法去開墾。

「近年新裝了各色電動農業系統，化肥和農藥又大有改進，蔬菜不但都變得更大了，收成期還比傳統耕種快兩倍，很厲害！」村民對黃大哥的反應滿意地說。

而那藍天、白雲、數排高度一致的小樹和綠油油的菜田令整個景象就似卡通動畫一樣！但在這樣風和日麗的早上，田中沒有牛、雀鳥或人在活動，只有定時灌溉系統的回音和我們的對話貫穿整個山谷，尤其當大家不說話時，整個山谷像畫面定格、開了靜音一樣，那種靜寂又令人有一種說不出的不自然。

在村內共進晚餐時，村民都推薦我們品嚐由農田中直接收割的蔬菜所烹製的菜式。但最吸引我們注意的卻是一碟油炒菜蔬，那碟葉色較黃，葉面有許多被蟲咬的缺口和好幾條攀扶在葉面上的肥菜蟲，跟旁邊又大又綠的各碟「A菜」相映成趣。村長見我們疑惑，尷尬地笑說：「這碟賣相較差的是自家後庭種的『殘菜』。你們還是吃那些谷中所種的吧！」

結果，那碟全天然「殘菜」卻是那夜大家搶着吃的餸菜。

DIY 教材

「怎麼辦？航空公司剛證實運載着健康教育活動海報、教材和那百多份評估活動成效問卷的行李寄失了！難道未來幾天在牧區的活動，我們只是站在村民面前朗誦嗎?!」負責物流運送的張同學聽完來電後急得快要哭起來。離開機場後，她在車上無間斷地打電話，一直努力跟航空公司聯絡去尋找遺失的行李。

而這次活動是到沿着唐蕃古道的高原牧區做健康風險教育活動，當地在三千米以上，牧民在夏季會隨其氂牛、馬匹遷移，人跡罕見。離開機場三小時後，我們來到荒涼、進牧區前最後的加油站，等待在附近鎮中購買補給物資的小隊回來。因沿途沒有補給驛站，糧食、用水、車輛汽油等也需要預先準備好，而張同學仍然在努力尋找失物。

「我們可以 DIY 再做教材嗎？」終於，身邊樂天的小麥忍不住問。

「雖然帶備了電腦存案，但山上應該無電力和信號，沒有電腦和打印機打印出來。」思達回應。

另一隊員又說：「我從小到大，美術勞作能力只停留在畫『火柴人階段』，我只會幫倒忙。」

凌同學再說：「就算買紙筆材料再畫，恐怕人手和時間也不夠。」

大家正顯得很無奈之際，團隊二號車駛到。黃同學下車後即報上：「老師，我們已在海拔三千五百米的鎮上找到唯一的一間小店，並把物資和全店的文具紙張一掃而空！」

見大家疑惑的表情，又見我只是在笑，黃同學再續道：「老師說既然我們今晚打算留宿在高原上的小學，不如邀請那些小學生為我們畫出項目的主題，這不但可以在最短時間內製作最多可在牧區活動中派送的教材，還可以鼓勵小朋友參與，加入文化元素，又可以讓他們學習健康知識，更可以振興本土經濟！一舉多得！」

不一樣的流動教室

余素娟博士

二〇一一年十月，我有幸跟隨陳教授的團隊到內地農村評估當地村民的健康需求和進行健康教育。十年過去，我早已忘記當中的行動細節。然而，有一些人和事，至今仍留下深刻印象。

友善的村民：我們每天入村，都是由村內幾位代表引領。記得當中有位非常友善的年輕老師，那幾天特意回村幫忙，閒時也會和我聊天；還有一個約七至八歲的男孩，他不怕生，常常與團隊一起。每次入村，他們都會以最親切友善的笑容歡迎我們。

認真的團隊：同學的任務，是要根據背景資料，以最簡單直接的方法，向村民宣傳健康信息。説易行難，同學們都非常認真地準備教材、綵排和檢討，最終他們都順利完成任務。此外，導師和志願者一路上與學生坦誠分析計劃的長處與限制，理性地討論改善方法及發展方向。這個不一樣的「流動教室」，也成了我的一個重要學習經歷。

鐵腳，馬眼，神仙肚

黃嘉寶

忘記跟 Emily 在五年裏走了多少里路，只記得無數次穿州過省，於一日內穿梭南與北，疾走於高山與湖泊……數不盡的白天在路途上，亦有數不盡的晚上一大班人窩在簡陋的賓館開檢討會，為無數的明天作準備。

如果說在 CCOUC 工作訓練了一雙「鐵腳」，也同時鑄造了「銅身」。仍記得那次在偌大的北京機場，拖着其餘二人合共三人的行李奔跑趕乘飛機，登上已最後召集的飛機機艙。飛機起飛，我為自己能夠撿回三個成員的行李以及趕得上幾天才有一班的航班而自鳴得意。又如每次的實地學習，每名鐵腳成員背着二十多磅的隨身物品上山下村，探索及評估每一段未知的路，費盡心思及精神令學習旅程得以發生。

二〇一五年三月加入 CCOUC 後，我的首個任務是前往青海玉樹，隨行的鐵腳成員出發前已叮囑我當地三月的天氣變幻莫測。由於車程約四至五小時，我倆於早上六時多就出發；但當天的天色一直昏暗，連綿的雪山也被染灰。駕車的師傅搖着頭，我則懷着戰戰兢兢的心情，等待着鐵腳的指令。誰知就在此時、約兩個多小時的車程後，坐在司機隔壁的鐵腳斬釘截鐵地説：「我們要回頭了。」一番討論後，就急速轉頭駛離前面白濛濛的雪山群。路上鐵腳跟我解釋，就是憑藉一對「馬眼」去觀察，前方正在醞釀一場大風雪，因此安全為上，還是掉頭回程。由於天氣跟時間的關係，我們最終還是去不到目的地。以前總覺得計劃天衣無縫，但無數細節往往不似預期，慶幸的是各人都培養出足夠的彈性，有面對過不少「人為災難」的經驗，每次的難題才能迎刃而解。

既然有「鐵腳」、「銅身」、「馬眼」，那一定有「神仙肚」！然而，我沒有一點捱餓的記憶，Emily 那句「點都食啲！一定要食飯！」言猶在耳。橡皮肚可能比神仙肚恰當，有吃時就吃，沒有就啃雪米餅，但又怕吃得太多坐車不舒服、飯氣攻心……想着想着，那些年帶隊的我們真的充滿顧慮。

（作者按：黃嘉寶於二〇一五年至二〇一九年在 CCOUC 工作，被同事稱為「黃總」，猜其意思為黃總務，即工作就算繁複瑣碎也要做。）

OXFORD

查車

「這是甚麼？」凌晨四時許三位公路警察把吉普車截停了，用電筒一照後問。「這都是我們『最貴重』的身外物！」李護士長笑哈哈地回應。

那年大暑到青藏高原，南方天氣炎熱，但高原天氣還是很清涼。研究隊的司機們在四千多米的青藏公路上駕駛了超過十五小時，黃昏時大隊決定在公路旁由幾個貨櫃箱搭建，沒水沒廁所的客棧留宿。李護士長和我因要趕在清晨前到機場，只好在凌晨二時起床。深宵客棧的小酒吧內聚集着以牧民和貨車司機為主、大叫大喝的公路過客，他們無論身穿藏袍或現代服飾，都腰纏佩刀，頭上總戴着西部牛仔款式的絨帽。我倆都怕惹上那些醉酒鬼，只敢悄悄地離開。

深夜穿越青藏高原實是非一般的經歷。除了天上的繁星，四周都漆黑一片，司機在非正規的公路上全速「飛越」山嶺、小溪或石坡。山高風猛，氣溫約零度，司機卻打開所有車窗大聲播放着音樂！我們就像在黑夜中乘了兩個多小時高原過山車，迎面吹着寒風，刺激非常。當車駛到五千米的山谷盆口時，我們往車窗外看，天與地接近得像只要往山上跑，便能隨手摘下掛在山坡後的星星般。

關上車窗後我們不自覺地睡着了。公路警察拍打車窗時，我們正處於半夢半醒之間，那司機說：「別怕，例行檢查罷了。」於是我們下車方便他們檢查。警察掀起後座毛毯，發覺蓋着的「貴重對象」，其實是兩個暖水瓶和大堆果仁、薯片、汽水等零食，好不精彩！護士長跟我說：「警察們整夜守着這無人地帶也夠辛苦了，就把食物都送給他們吧！」

海拔五千米上的老人院

仲夏下午，四千七百多米的青藏高原正下着白皚皚的飄雪。

戴着西部牛仔帽穿皮靴的院長指着建在五千多米神山山坡上的那座白房子說：「牧區內的孤寡老人都搬到那院舍居住了。」

白房子後的山丘正飄揚着印有經文的白、黃、紅、綠、藍五色風馬旗（藏語稱為「隆達」）。

就算是十百呎距離的坡，在四千多米的高原地區也行得份外辛苦。我們好不容易走到那共有三十間套房的老人院，那裏雖然有電有水供應，但卻沒有電視、廁所和浴室等設施。老藏民生活極其簡單而環保，因為對洗澡、刷牙、如廁後洗手的意識十分薄弱，對於院舍只有一個小井供水沒有多大意見。每間房內還有存放氂牛糞便的小室。對於高原上居住的老牧民而言，牛糞可用來煲水煮食，價值比黃金更矜貴。

「你們日常最多參與甚麼活動？」我問幾位正在整理花圃蔬菜的老藏民院友。

「我九十歲才住進這樣高密度的地方。活動雖然不多但還在騎馬。」能說簡單普通話的九十三歲老伯自豪地說。他一生活在草原，除了有關節炎痛症和重度煙癮外，身體大致健康；因兒孫相繼去逝及自己年事已高，不能再放牧，去年決定搬到這裏生活。

「非常歡迎你們來舉辦健康推廣活動，院友大多閒着，大部份時間在誦經。」院長指向庭中央的轉經走廊，有一排銅製圓柱、內裏裝滿經典的轉經筒。在文盲但虔誠的老藏民心中，經筒轉一回就等於誦讀經文一遍。院舍鼓勵老舍友令轉經筒二十四小時不斷地轉動。老舍友們便全天候輪流值班轉輪為世人祈福。此時，剛巧經過我們身邊、拿着手搖式轉經輪、滿面笑容的老婆婆佻皮地說：「我們快悶壞了！快回來！我教你們轉筒！」

秋
05.10.2020

路旁食店

「店內環境尚可，就在這裏先吃晚飯再出發吧！」在二一四國道趕了一整天路，小麥喜見路旁食店，興奮地建議。

西部偏遠地區城鎮之間相距頗遠，小隊為了減省時間，常會在公路旁隨意找小店果腹。那年八月立秋後到西部這條貫通青海西寧和雲南瀾滄拉祜族自治縣的國道走了幾天。雖然只是剛入秋，但在高原太陽下山的黃昏時分，天氣已是十分寒冷，也怪不得這高原路段沿途的餐廳都是以供應四川菜、湖南菜和火鍋為主。

而無論這些前舖後居、近乎獨市經營的小飯店標榜哪種菜式，店內擺設都差不多。店中央有數張桌子，其中一面牆多是放了一大座開放式、放着各種肉類、菜蔬和蛋的雪櫃。近店門收銀櫃枱後都公式地懸掛着存放香煙、高濃度白酒的木櫃，而啤酒和汽水則放在「碗筷消毒櫃」和大飯煲旁的自助小桌上。細心看應該還會發現其中一幅牆上釘上食客大多不以為意的食店牌照和公共衞生評分。

「我們要『炒土豆絲』、『魚香肉絲』、『番茄炒蛋』、『宮保雞丁』、『水煮肉片』、『炒時菜』。」已跟大夥兒遊歷多年的思達，還沒坐下已直接為大家點了「無論走到天涯海角也是一樣的」菜式。而事實上，食客除了可以點選餐牌上的食物外，也可即席選材要求店主做家常小炒。甚至自己親自動手獻技，而精明領隊嘉寶則慣性地走到廚房「觀摩」，以防店主在烹調過程中添加過份的味精或色素。

那晚我們所選擇那小店的食物味道算是很不錯，店主態度也殷勤，大家吃得甚是滿足。但當正準備要離開時，卻見兩隻灰黑色的大老鼠大搖大擺地從正門走進店內！最匪夷所思的是店主竟沒有多加驅趕，任由兩隻體型像貓的鼠輩像回家一樣走往廚房方向。

「敬」西瓜

「主要是跟甘肅省、陝西省和中亞地區的大學交流，很少機會接觸南方省份。但同學畢業後都希望可以到北京、上海、廣東省甚至香港工作。」參加新疆大學在烏魯木齊的工作宴，幾個女生在餐宴中過席跟我們攀談着。

那六位女生都是新疆大學的高材生，除了精通中文、維吾爾語外，還能說流利的英語和俄語；再細問下原來還能說錫伯、蒙古和柯爾克孜語等。這班年輕女子性格開朗、大方，人又長得漂亮，有大眼睛和深邃的輪廓，得天獨厚得令人非常羨慕。

「老師，這地區因信奉伊斯蘭教，都不能敬酒。但容許我們每人敬你一件大西瓜以示尊重吧！」活潑的提拉見服務人員奉着提子、哈密瓜和西瓜等水果給賓客時建議。聽罷只見翁老師無奈的呆笑了！

本來八月處暑酷熱天氣下在烏魯木齊走動，吃水果能消暑解渴，應該是賞心樂事。而在全國各地據說很多地方也有吃西瓜以防秋燥腹瀉、或稱為「啃秋」這習俗。但對翁老師來說，那次短短四天的旅程他卻吃了整年的西瓜配額。

那天早上，一向很着重健康的翁老師先吃了一頓以西瓜、水果為主的早餐，我們幾個正大口地吃着各式包點麵糕作早飯，見狀也十分慚愧。而在開會前大夥兒趁有一小時空檔時間，走到在烏魯木齊市的中央市集內閒逛，那裏擺放不同的乾果、香料、藥材、絲巾、樂器及漆器等傳統貨品，思達和我都興奮地走到售賣新派小食如雪糕雞蛋夾餅、珍珠奶茶的檔口，然而奉行健康飲食、極能忍口的翁老師在果汁檔只買了大杯西瓜汁，還一飲而盡，好不瀟灑！

及後我們到當地政府部門開會，主持單位又客氣地用西瓜和堅果來招待我們，因怕拉肚子，我正想着把「食西瓜」這任務交給思達和翁老師代勞，但豪氣的翁老師卻在我還沒出口時自薦，笑說：「既然思達平時在其他省份負責處理喝酒、吃雞腳和生豬肉這些重任，『吃西瓜』這種小事可全交給我！」果然又是好一個「西瓜英雄」。

可是誰想到就在那天晚上，他竟然真的要再獻身作「互敬」西瓜的代表！因為信奉回教的地區都是不喝酒的，但主人家卻十分熱情，以為翁老師喜歡吃水果，便通通把自己那份西瓜送給他。而他也只好默默地把所有西瓜和水果吃光以示尊重。

據他事後統計，他那次起碼吃了四大個西瓜、三個蜜瓜和幾隻大橙。

膽識

「這區除了做山洪災害健康風險教育，還可以做預防瘧疾、登革熱、經性接觸傳染的疾病及愛滋病、戒毒及食物安全等議題啊！」小麥邊走在潮濕悶熱、多蚊多蟲的東南亞金三角山林中邊說。入秋後的金三角，除了比較少下大雨，溫度和濕度跟炎夏沒有太大分別。

隊頭的思達突然大叫：「有蛇！」前面草叢中突然有一條粗壯的蟒蛇伸出頭來，我們頓時呆了。原本極怕蛇的小麥卻因忙於邊走邊低頭抄寫，竟徑直走過，還說：「好！若有蛇，那就加入教授『被毒蛇咬傷的急救方法』吧！」她轉身時小背囊更戲劇性地撞到大蛇，令牠即時暈倒地上！而大家已急於拔足狂奔。

我們到達村長家，只見客飯廳佈滿啤酒瓶和多個大西瓜，枱上杯盤狼藉。席間賓客都有刀有槍，手持捲煙，目光散漫呆滯。

小村人均壽命只有五十多歲，而剛世襲繼位的二十九歲村長仍算清醒，站起來跟我們握手後說：「歡迎你們來訪。對不起，剛吃完午飯，但來碗冬蔭公湯吧！」他拿起用過的小碗，試着從只剩下吃過的魚骨、浸着紙巾的鍋中舀出剩湯。其中一個青年朝鍋中吐了一口痰說：「我來貢獻食物精華！」年輕賓客們見狀情緒高漲得起哄了。

「不用客氣，我們吃西瓜就好了！」虞老師不慌不忙移開凌亂的碗碟，從地上拿起一個大西瓜，用大刀劈出紅紅的瓜肉。

思達和我隨即拿起啤酒說：「多謝大家，乾杯。」小麥也醒目地拿出袋中的水壺來跟着舉杯。那班不太清醒的領導們見我們似是毫無懼色便道：「好！這幾位遠道而來的朋友夠膽識又豪邁！可以一起打江山。」而帶我們入村的當地官員都顯得非常尷尬，一直在旁陪笑。

英雄群俠傳

「怎樣可以走到八樓D座呢？」擦身而過的老先生瞄了站在走廊、背着五個救災袋、兩大袋物資、正努力地在手機搜尋器上搜尋的小翹和小蕾一眼，老先生再看了一下手錶：「你們迷路？跟我走吧。」於是老先生用了二十分鐘為這兩個迷途的小義工尋找那幾個在錯綜複雜的舊式大廈中的住址。

過往二十多個月一直希望可以再帶師生團隊到內地作公共衞生實地工作，可惜疫情反覆而未能成行。但上了一整個學年網課的中大醫科生頌恩、樂天、卓謙、蘊曦和仲賢縱然多次出門願望落空，仍積極做實地學習的準備。終於大學團隊夥拍共享基金會，在二〇二一年八月暑期尾聲走到多個有醫療需要的舊區服務。難得這次是由一班「徒弟」、「徒孫」及「雞腳英雄」老將們義不容辭地用了九天來實現這個項目！

「早年你帶大家走到農村去，今次輪到我接棒吧！」剛當完通宵夜更的小詩醫生，聽到有需要時一口答應。除了她以外，小杜、陳主任、黃助理總監、苗媽媽跟董媽媽身體力行地把所有後勤和聯絡工作安排好；我們從五十多名早已登記出發的年輕人中篩選出十六人參與；中大博士生小哲和港大醫科生泳希在金教授協助下，三天內敲定了探訪問卷大綱，還有思達、中大的洪教授、翁老師和社區中心的郭先生等在百忙之中都抽身出來作培訓和支持活動。又是一次在極短時間內完成不可能的任務。

「我們走訪的家庭，家中情況有很大差距；但無論經濟條件怎樣，長者們都總是怕我們辛苦，送上各種小食、飲品等。」小如和卓謙不好意思地彙報。

而蘊曦和仲賢再補充道：「這些老人家都似乎很高興我們到訪，還耐心地指出怎樣能提升救援包在香港的實用性。其實更像他們教導我們。」

瑋彤想了一會尷尬地說：「還有，中午下雨又要趕緊回來彙報，我們於是偷偷上了的士（義工們原要走路回來）。司機在倒後鏡瞄到滿頭大汗的小翹和我脖子上掛着義工證後，笑說：『但大熱天時，你們還做義工，叔叔免費送你們一程吧！』」這班萍水相逢、卻對年輕人愛護有加的大義工們，才是真正的英雄。

幸福

張蘊曦

「香港的老人真幸福啊！多謝你們常來探望！」耄耋之年的婆婆看見我們到來，興高采烈道。皺紋下的笑容深深的烙在同行義工們的心上。然而在探訪的三天裏，同樣使我印象深刻的是一位瘦削的伯伯躺着的發霉發黑的床單，是一個混雜着油漆味和老人失禁而至的尿臚味的廁所，是一名因為末期癌症而絕望慘笑的老人。我們不禁要問，香港的老人家真的幸福嗎？身為學生義工、身為下一代的我們做的足夠嗎？

我不敢坦白說自己只是一個半吊子醫科生，不能給出甚麼靈丹妙藥。有時只得傾聽着老伯伯描述着自己痠痛的關節、吃睡不安寧的痛苦。唯一能做的，不過是稍稍予以安撫，安撫着焦急的伯伯，也安撫着內疚且無奈的自己。我總是希望能做的更多，多向他們徵詢探訪活動的改善建議，多爭取探訪幾戶需要幫助的老人家。但在此之前，我願意一步一個腳印為戶戶派送救災物資，一筆一畫為公公婆婆抄寫藥品備忘，一字一句聆聽他們心中苦衷。用我所學，盡我所能。

「你們還能再來嗎?」一轉頭，婆婆艱難地倚在門欄，向我們招手道。「一定會的。」我在內心默默應着。

從醫學院到社會——行醫之道之反思

李卓謙

古人云：「古之善為醫者，上醫醫國，中醫醫人，下醫醫病。」學習病理和醫學固然重要，但要成為一位好醫生，必須深明病人需要；要成為上醫更需宏觀國家，甚至國際，協助解決全球健康問題。陳教授有關全球災害健康風險的工作正是吸引我跟從她學習的原因。她的研究結合公共衞生和環境科學，讓我有幸在讀醫的過程中重拾對地理的興趣，能有此獨特發展機遇研究災害與健康風險。

在陳教授的 NGO 中實習一個多月，已經歷籌辦活動、設計救災袋和探訪長者等工作，獲益良多。我對探訪活動印象最深刻，能夠親自與長者交談，了解長者常見健康問題和生活的不便。活動使我明白到長者的心理健康亦非常重要。特別是在疫情之下，長者社交活動大減，更需要有人關懷和傾談，令此活動別具意義。希望將來行醫時能有所實踐，用心細聽長者需要，保障其身心健康。

實習和活動的寶貴經驗令我感受到醫學領域之廣。除醫院工作之外也可走入社區，進行健康教育和疾病預防工作，甚至可以突破地域界限，參與面對全球暖化等氣候問題導致的健康挑戰。得恩師啟蒙，不勝感激。

走南闖北，無問西東

賴仲賢

當醫生是我自小的夢想。我一直認為醫科是最具人文關懷的科學專業。讀醫是科學，因為醫事關乎生死，講究的是爐火純青的專業知識和技能。行醫是藝術，為醫者要設身處地理解病人的痛苦，方能救死扶傷。所以在我看來，要當個好醫生，醫科生都應一絲不苟、心無旁騖地磨礪自己的專業；而比起研究、管理，我更渴望多做義工、面對病人，親身落區服務社群。

在這個暑假，我有幸參與陳教授共享基金會的工作，卻見證了醫者嶄新的面向。短短兩個月，我參與公共衛生研究和本地義工探訪籌備等工作，體悟到醫學專業除了用以行醫，還有更廣闊的路向，惠及更多人。透過和不同領域的精英合作，醫科生也能走出象牙塔，和社會各界通力合作，迸發出更強的社會力量。

在八月的義工探訪中，我從跟隨團隊設計和採購香港長者用的災害救援包，到親自派發物資，聆聽長者的回饋，我更意識到活動籌備、管理等工作，和親自落區，與病人相處，本來就互不排斥，而是共存的一體。正因為親身和病人接觸，上層的決策才可以更貼近社會所需；而不逃避領導管理的責任，才不負自身能力，而能兼濟天下。

能得到如此寶貴的經驗，正有賴能做到這點的陳教授，即使學貫天人、歷盡千帆，仍能懷着滾燙的赤子之心，到最遙遠最貧困的村莊服務，闖出風風火火。即使我未必會投身公共衛生專業，我仍會時常謹記，自己永遠能學更多、做更多；而不忘初心，大膽走屬於自己的行醫路。光被四表，也躬體力行；走南闖北，仍無問西東。

玉米芯

「這瓶玉米水很甜很好喝！」喜愛玉米的小麥在車上喝了幾口村民臨行前送的粟米水後說。

吉林省西北部山嶺不多，平坦的農地大都是以種植玉米為主，因此當地食材大都跟玉米有關。秋收後，北方空氣清涼又乾燥，農夫們會把玉米脫粒，然後把玉米芯堆在農舍庭院外。小麥指着車窗外農舍前一座座淡黃色、比兩層樓房還要高的玉米芯山好奇地問同行的村書記。「這些囤積的玉米芯是用來生火取暖、做飯嗎？」

「這地區有自來電已很多年了，不用燒玉米芯。」書記笑着回應。

事實上，隨着村內經濟及生活水平提升，近年農村經濟大都依靠農民到城市作打工的流動人口來帶動，村民大多不再以務農為生。然而很多農田仍然是以種植玉米為主，但農民只留小量玉米用作家中食材，反而多用玉米來餵飼牲口。而過往以玉米芯來生火的習慣，也早已被煤或自來電等所取代。雖然如此，但農民還是樂此不疲地種玉米，因為玉米芯加工後可成為飼料、燃料、墊料、獸藥、酒精，甚至可變成糠醛這種藥物中間體，令這再生物資利潤可觀。

「玉米芯才是最值錢的啊！農舍門前堆着的都是正等待收購的貨。收購價格每噸大概可賣到近三、四百元。那些孤、老、弱、殘戶都是靠這來賺冬天的生活費。」車上朝鮮族的崔大姐補上一句。

小學畢業

「女生都住在校內，為甚麼還有嚴重缺席的情況？」入秋後我們到青藏高原幾間偏遠的寄宿小學，發現有「出席率」不足而無法畢業的問題。高年班課室裏，總看見幾個明顯年齡較大的女生。

「在高山上寄宿學生也不易達到國家法定出席率。高原小學的假期比起內省學校為多，除了公眾假期，放牧地區寒假漫長，夏季又有『放牧假』，而在青海省玉樹州校區更獨有『蟲草假』。

「形狀像蟲、本屬菌類的中藥材『冬蟲夏草』是這裏經濟主要來源，眼靈手巧的青少年都是挖蟲草的主力，為鼓勵家庭送孩子上學，每年到了五月中旬蟲草成熟時，學校便放『蟲草假』讓師生們去採摘。」畢業於廣州師範大學卻在高原教書的王老師解釋。

王老師再道：「那些早熟的高小女生最容易達不到畢業所需要的出席率。傳統藏族文化是不容女性在生理週期離家，而又因沒有穿內褲或用衞生巾的習慣，校服亦只配有一套，女生在生理週期期間多選擇躲在宿舍不上課。雖然師長都自資為女生買衞生用品，但因沒有補貼，至今問題仍未能解決。而女孩家庭大多渴望家中有人能畢業，所以這班女生便一直待在小學。」

於是除了給高原學校的女學童做健康教育外，我們送了內衣褲、衞生巾、洗衣盆、肥皂給小四以上的女同學。及後兩年，那批滯留學校的小女生都相繼畢業，而這些高原家庭亦終於有第一代小學畢業生。

買衛生巾

麥嘉雯（小麥）

每次回憶起在農村開展的公共衛生工作，最容易記起又深刻的往往是與村民的對話，滿載着他們訴說的經歷、故事。

有一位小學老師把薪金都花在幫班上女孩子買衛生巾；有好些村民最愛聽的是 Beyond 的歌；很多村民煮的飯菜都很好吃，試過午飯時吃火鍋，也試過每天早上五點非常幸福的先在鎮上吃豆漿油條才進村；有小孩問過我有沒有飛機的相片，也有問過我在香港的家跟他的分別是不是很大。

在農村工作，團隊或許都曾經有感到沮喪的時候。非常慶幸曾經有機會好好看過這些農村，切實地見過每一位村民。與很多很多事情一樣，知道限制存在和接受困難，不推翻自己並相信自己，一定能一步一步把事情做好。

不出門能知天下事

「呯！呯！」突然傳來一連兩聲巨響。不安的美心急急地走近窗戶查探。那秋夜天爽氣清夜幕低垂，山谷林葉都是深橙紅或金黃色，中緬邊境山上的農戶晚上大都是靠燭光來照明。雖然屋內仍然一直隱約聽到不知從那兒發出、像炮彈的響聲，但四處看似還是很平靜。

「不用怕，屋外那是鳴槍報喪！昨天有長者去世，家屬正進行傳統的喪葬儀式，今夜通宵達旦跳祭祀舞蹈。而那炮彈聲是我兒子玩手機遊戲所發出的。」景頗族的朗村長看穿了我們的疑慮，說時還把房中十六歲的兒子帶出來。那小子雖叫了一聲「你好！」但眼睛卻從沒離開過手機。村長家簡潔整齊，但櫃面上卻放了起碼二、三十個充電寶。牆上除了數張成績證書及政府掛曆外，只掛着一個古老木製基督教十字架。

「我曾祖父母都是信奉耶穌的。二十世紀初，基督教與天主教先後傳入我們德宏傣族景頗族自治州來，傳教士在生活最艱苦的時候辦學派糧。這村裏年紀越大越虔誠，後山上那座教堂便是傳教士帶領下興建的。」村長娓娓道來。

見孫兒整頓晚飯也只顧低頭看着手機，一直笑而不語的八十多歲老祖母沒好氣地說：「村內年輕人大都已搬到城裏，但這幼孫子卻說要留在村內，景頗族反正是幼子繼承房屋財產，倒也沒所謂。但現在連禮拜堂也不上，還說我們只要用手機在教堂替他即時傳送禮拜情況便可。但玩甚麼線上游戲？長期這樣對眼睛、肩頸也不好。」

那小子沒抬頭，但神氣地回道：「我是二十一世紀的諸葛亮，不出門也能知天下事，在互聯網上學習、買賣、交友，跟過百朋友一起參加電競賺錢，玩『三國志』最長不眠不休的紀錄是八十二小時，這是青春的本錢，你們不會明白。」

中緬邊境

林健枝教授
香港中文大學地理與資源管理系客座教授

三年前，我收到醫學院陳英凝教授一個非常特別的邀請，跟隨她前往接近中緬邊境的雲南山區進行醫療人道救援工作。我原本是懷着未去過、不妨去看看的心態而去，這旅程反而是個寶貴學習和反思的機會。

到了那貧困山區，我觀察到學生們都愛圍着陳教授討論問題，而她也問學生一些很關鍵的問題，譬如，在醫療物資缺乏的地方，如果你只可以帶五件器材，你會帶甚麼？她這個問題，旨在挑戰學生去思考，甚麼是最迫切的問題，做甚麼可以得到最大的果效。

當時我主要的任務是要找出那兒食水污染的原因，以配合他們推行的公共衛生措施，如燒水、自製補鹽液等。但要在山區地方推廣衛生教育殊不容易，我驚訝教授團隊的創意，他們設計了一些音樂、表演、海報來推廣這些衛生知識。

從雲南回來，我不斷反思，我當過世界銀行的環境顧問，審視過的都是數以億元計的項目，但在這個偏遠的山區，他們最需要的是甚麼？只不過是一些我們經常浪費的乾淨水，我們又應該怎幫助他們？

豬大皇

「這條村需加強衛生管理，最起碼要勤加清理積水。」完成評估回村時，小洪邊說邊拍打那群一直困擾着她的飛蟲。這條在貴州依山而建的仡佬族村寨，因為還沒有自來水供應，只能靠房屋頂層來儲水，而這些屋頂積水都佈滿青苔。近年氣候變化令天氣越來越濕熱，加上村民對環境衛生既不講究，又沒有定期消毒牲畜糞池或滅蚊，令村內蚊蠅猖狂，擾民非常。

路上村民領着一頭黃牛經過，那牛角上掛着兩塊巨大的黑色糯米糍粑。陪伴我們的村幹部解釋：「明天是仡佬族重要節日『牛王節』，農戶都會讓家牛休息並替牠洗澡，又會牽牠到水邊讓牠看看自己的影子，再餵牠吃掛在牠角上的糯米糍粑，是家牛全年最寫意的一天。」村民還會殺雞、備酒、點香、燒紙錢，以保佑耕牛無病無災。當牛走近時，我們卻發現那團大糍粑原來是因為滿佈蒼蠅才變黑。可憐終年辛勤的牛，在「牛王節」也要頂着那兩大團重重的糍粑運載那些曠工的蒼蠅四處走動。

秋日黃昏時分那一陣陣的涼風，吹走那一整天炙曬後燠熱的悶風。我們在涼亭稍事休息，甫坐下，美心已被蚊子叮了多口。遠處有隻過百公斤的大肥豬走來，豬頭上有一朵小烏雲跟隨飄着，細看之下原來又是一堆蒼蠅。肥白豬走到美心腳前低頭喝積水，那水中的蚊蠅隨即群起攻擊，但大肉團從容的一翻豬身，撲通一聲倒在蚊蠅上！然後只見牠站起來，拖着大肥肚緩緩地走開。

一瞬間，牠頭上的那朵烏雲和我們身邊的蚊子全都消失了！美心興奮地叫：「豬大皇為我報了仇！真厲害！」

金三角的深夜

「這些樹每兩至三天就要割一次，每天大概要割二三百棵。」戴着有燈小帽子、只有十四歲但已輟學、日間當研究隊臨時翻譯的小玲，邊說邊有節奏地拿着銼刀在橡膠樹皮上斜斜地劃圈，白色橡膠樹乳汁即順着刀痕流進已綁好的木製小碗裏。橡膠樹採收工作利潤高但卻很受環境影響，汁液遇到太陽會凝結，在雨天又會隨着雨水流失，因此工作只能在三到十一月、晴天、清晨二時到五時。那夜凌晨二時，小玲帶我到她晚上做兼職採收的橡膠樹林參觀。

這些中寮邊境的村落因為日間天氣炎熱，除了少數務農的老村民外，年青人大多在休息睡覺，白天都顯得十分蕭條，入夜氣溫下降後，才會變得熱鬧。村民都會聚集在村口公路旁的「士多」飲酒及賭錢。而過了凌晨時分，一些像小玲的年輕人會三五成群駕着電單車到這金三角地區附近的橡膠園工作。

「打算一直做橡膠園的工作嗎？」我問小玲。她這一代人在信息互通、互聯網發達環境下長大，對讀書的前景及出外打工都不太着迷。但採收工作日夜顛倒，容易受傷又要面對蛇鼠蚊蟲，還會接觸大量農藥，似乎不能當是終身職業。小玲從十一歲開始工作，三年間已被毒蛇咬了三次，皮膚過敏及手背上有多處刀傷。

「沒有想得太多。既不想離家又不想糾纏於這地區複雜的工作關係網絡。反正夜間工作也不錯，需要時可以繼續日間工作或上學，又不怕紫外線曬黑。我夢想是儲錢在網上開店賣化妝品！——」小玲突然停了下來，報以開朗的笑容，堅定地問：「老師，你們這幾天查訪都是為了發掘一些有意義的議題，如果你們可以教我們怎樣開網站經營生意，應該更能改善我們這代人的健康風險和生活質素啊！」

兒童學堂

「中秋快到，我們打算教小孩畫應節食品和製作燈籠。」陳同學解釋。站在一旁、大學三年級的方同學胸有成竹地續道：「中學時代我曾獲全校繪畫比賽第二名！教小學生美術勞作沒問題。」

在農村舉辦以成人為對象的健康防災教育活動時，都會在附近同時設置被稱為「兒童學堂」的副線活動。學堂專為三到十歲的兒童安排活動，除了教美勞、唱歌、跳舞和玩集體遊戲以外，也會因應村民的要求而教授英語、數學等。學堂規模雖小，但往往比健康教育更受居民歡迎，若遇上傳統節慶更會在活動中加入節日元素，活動辦得像嘉年華會一樣。

那次在河邊，秋日的夕陽下，團隊都忙着跟百多位村民作「防地震」和「健康教育」講座。而那兩個多小時的室外活動中，隱約從河灣後隔着小木林的「兒童學堂」傳來笑聲不絕，於是我忍不住偷偷地走往查探一下。

走近那裏時，發現有八個小孩正乖乖地在繪畫着月亮、玉兔、嫦娥奔月等神話故事，但有四、五個中童卻圍着方同學，爭相「指導」雞手鴨腳的她各種紮竹燈籠的技巧，令人啼笑皆非。反而想不到有數個少年認真地坐在河邊大石，跟讀英文系的陳同學討論。原來少年們都希望大學團隊可以為他們作英語高考溫習。於是之後的三個晚上，營地都聚集了附近村落二十多個慕「臨時高考英文特訓班」名而來的準高考生到來求教，而我那些中大的高材生們因而當起了「兒童學堂」的補習天王天后來。

失蹤的隊員

「老師，陳同學不見了！」美心站在那正值由紅轉黃的山林覆蓋的山崖，隔着峽谷從對岸叫喊過來。

那白露和寒露之間的秋分黃昏，那向陽的一片橙紅色的楓樹山坡美得像錦繡一樣，而在風大回音響的山谷中，不停搖晃的樹木發出的沙沙聲把美心的呼叫弄得模糊不清，大家最初還以為她只是希望找人替她拍照留念，要良久後才能明白她想表達的信息！

事實上在這電訊不通、人跡罕至的金沙江上游工作，走失了隊員是一場惡夢。得悉情況後我們放棄走山路直接走進佈滿深橙金紅落葉的山林，以極速直奔下山。那刻心中雖然有着很多疑慮和假設，但山林樹木那淡遠甜香的氣味直至今天仍在我記憶中。走到河邊，我們還要脱下鞋襪，赤腳淌水越過清澈冰冷的金沙江，然後才能再走到陳同學疑似「失蹤」的地方。

「我和她說好各自做完訪談後，在村口大樹見面。」美心在不停呼叫又緊張下，聲音變得沙啞，還似急得快要哭了。她續道：「但我在約定的時間地點等了個多小時，又來回了這幾條路巷、拍了所有家門叫嚷着，都沒有人應上。就連村口激烈吵耳的火雞打鬥也看了兩回，仍未見到她，我非常擔心！」

以坑土建成的傣族小村，房舍都被四、五米高的泥土牆圍着。中午過後村民回田工作，村內就像空城一樣，任憑我們大呼小叫，都只有風聲、雞鳴和犬吠作回應。機警的林同學和李同學留意到牲口都向着同一間房舍叫着，但見房門上了鎖，便走到土牆邊扑一聲跪在地上說：「老師，她可能在裏面，快踏在我們背上爬上去吧！」

正當我和美心嘗試攀爬那筆直的土牆時，房舍的大門突然打開，只見陳同學伸着懶腰走出來，她看到我們一夥人氣急敗壞的樣子，反而好奇起來。還心情輕鬆地說：「你們都在，怎麼還爬起牆來！」

再續道：「戶主訪談後便回到田裏收割去了，而我在庭院坐在暖暖的火盆旁，看着紅葉一片片、慢慢地飄落，舒服得不知不覺間睡着了，還做了個夢。夢中我飛在半空，還見美心在看兩隻火雞打鬥，真神奇！」

獵戶座

古修齊

我仍是一個醫學生的時候，已經希望能夠到偏遠地區行醫，但開始專科醫生工作和訓練後（其實只是藉口），就再下不了決心放下工作起行。十年前陳教授找我到雲南邊陲的金沙江，為團隊做隊醫，我當然一口答應。

幸好旅程中沒有隊員有甚麼不適，我還可以加入團隊，在這個正在從地震中重建的地區從事健康教育工作。用我不大靈光的普通話講解；又充當攝影師把過程拍下錄下；在災後的村莊遊走探訪；在村落的空地和團隊圍在一起午餐，而村民飼養的家畜就在不遠處。村民生活簡樸，村落處處都是地震後的痕跡，但我們待在村裏的時候村民都很親切。

村莊離大路要走一段距離，彎彎曲曲的小路兩旁都是很高的草，那時正值冬天，而且一點光害都沒有，夜晚抬頭獵戶座就高高在天上，在黑暗之中照亮我們的心。同樣地，我們最希望的，也是能為震後災民的生命帶來一點點的溫度。

生命影響生命

蔡婉詩

在做醫生之前，已經跟隨陳教授走遍了不少中國的農村地方。見證過零下負二十六度令手指麻痺鼻頭痛得沒甚麼知覺的冰天雪地，也見證過夏末和初春夜晚的涼意，最令我難忘的始終是人。

還記得老村民那些曬得紅紅黑黑滿有歲月痕跡的面孔，掛着的是大大的笑容；那些跑跑跳跳的小朋友，掛着的是如水晶般透徹的眼神，盛載着對未來的期盼。他們對從城市走進來的我們是如此的熱情，每一次的家訪彷彿就在告訴我，人生在世其實可以這樣簡單快樂。當然，我知道每個人都有各自的困難，但他們總是相信硬着頭皮就能撐過的樂觀精神，是很值得我們學習的。很記得其中一次旅程的尾聲，當時準備離開某村落，其中一個村民捉着我雙手説：「我記得你在上一次（大約九個月前）也有來過，你們教的（指的是健康教育）我還記得很清楚，今次可以再見到你，我很開心，請多多保重！」

以生命影響生命，其實只在一個行動中。願你們也多多保重，一切安好。

寸嘴傷者

「我沒事！不用你們抬！」楊同學叫着。他全身濕透、手臂移位、褲筒穿了、傷口還血流不止，但仍不斷嘗試掙脫抱着他的同學們。那早上突如其來的大雨令黃土高原上游水流變急，河床上楊同學站着的大石頭因而鬆脫，他失足被沖至二十多米外。六個建築學院的隊友冒着大雨把他抬到一公里外上游臨時搭建的急救帳篷內。

「你上一次替病人縫針是甚麼時候？」寸嘴的楊同學突然問我。他身上除了多處擦傷，右邊膊頭脫了骹，右邊膝蓋也撞破皮肉，但幸好沒有骨傷。

「幾星期前。」我笑着回答時趁他不為意大力一拍，把他脫了的膊骹重新接駁上。「饒命啊……！」楊同學慘叫，但隨即轉了幾下膊頭後便興奮地說：「能動了！」李姑娘替他清洗傷口時我繼續說：「多年前有一次航海時遇上八號風球，同伴因巨風從帆杆墮至甲板，撞破了膝蓋，傷口深至見骨。當時離岸太遠，縱然船上沒有藥物，但為了避免流血不止，只能在沒有止痛針和藥物下，用以烈酒消毒過的魚絲把傷口縫合起來。」伴着他的隊友們都嚇得面色慘白。而楊同學口震震的說：「吓？你想怎樣對待我的膝蓋……？」

誰知道在那秋分的黃昏時，我從山丘遠望下游仍在工作的同學們，只見幾小時前才獲「急救過」的楊同學，像甚麼事也沒發生過一樣和大夥兒嘻嘻哈哈做人鏈輸送帶，坐着搬運石頭，朝氣十足，青春確是無敵！

金沙江星光下的夢遊記

「老師！陳同學行徑古怪，快起來看看怎麼辦？」凌晨三時，我被那夜當值但慌張異常的張同學喚醒。那個深秋天，健康備災教育團隊到金沙江上游曾受地震影響、赤貧小村的傣彝族村工作。

因偏遠房屋又散佈在山頭上，災後重建做了兩年多還沒完成，大部份房屋仍是處於倒塌狀態。而三十多人的團隊女多男少，晚上又能睡在露天沒有門鎖的破屋內，於是男組員們加上我便自組晚上巡邏隊去確保成員安全。

我們後來才知道陳同學從小已有夢遊的情況。而那幾天差不多陳同學每個晚上都會在同一時間「出動」。第一夜，她起床穿上鞋子後，在營地範圍內走動了大約十五分鐘，便走回睡袋昏睡過去。第二夜，她起床後「決定」再探訪白天到訪過的村民。説也奇怪，她完全不需電筒而能輕快地走在漆黑迂迴的村路上，而平常極害怕犬隻的她，那夜被村犬禽鳥狂吠亂鳴也完全不受影響！到達村民屋外，她還嘗試爬上房子三米高的土牆，但當户主開門查看究竟時，她又突然轉身直走回營地倒頭便睡。而我和三個可憐的巡邏隊隊員只好深夜沿途連賠不是，傻乎乎地跟着她走。

但最驚心動魄的要算是第三夜。那秋意濃的夜空掛着一輪大月亮，那夜她一口氣走到河邊那條木橋旁，河水雖淺但水流卻又急又冷，全長二十多米的木板橋只用數十塊大小不一的木板粗略地搭在河床的石頭上，橋板會因走動而移位，陳同學卻毫不猶豫地走在簡陋的木橋上。

而已工作了四天的團隊雖然早已是筋疲力盡，但又因為實在好奇，那夜差不多所有隊員也跟了出來，幾個組員因生怕她會跌進水裏被河水沖走，二話不說便淌水走入河裏圍在她四方八面，而其他成員就站在河邊作支援。而陳同學走到橋中間停了下來，抬頭向着天上的月亮。全隊人被她的舉動嚇得屏息了數十秒，只見她突然原地轉身，高舉雙手對着反方向的星空引聲高歌！一直靜靜地跟在我身後的美心再也忍不住拋下一句：「嚇死我了！幸好只是唱歌，還以為她會變成人狼啊！」

到山頂去

黃越平

要了解一個地方，你必須做幾件事。首先，你必須在地面看看它，走走它的小路，看看人們如何每天生活在其中。其次，你必須見見當地的人，與他們同吃同喝，分享一個故事或一份食譜。最後，你必須從高處看它，以看到這個地方在地球上的位置。

「到山頂大約需時三十五到四十分鐘，路途將會相當崎嶇，所以你在出發之前要確保綁好所有東西。」我被這樣告知。那輛載我上山的小電單車明顯被我身體和裝備的額外重量壓低了一寸，而那位載我上山的人就皺了皺眉。

我們終於出發，到俯瞰馬鞍橋村的山頂。他說得對。一路上很吵耳，而路途比相當崎嶇還要更顛簸一點。當我們攀上相較遭地震摧毀後尚未重建之處還要高的地方時，我們開始看到還未開發的地方。崎嶇不平的小路一直延伸，一顛一顛地向上延續，偶爾有電線在頭上經過。當我們向上走、迂迴地走、一顛一顛地向上走時，沿途遇上的每個人，都會停下手上的工作抬起頭來愉快地跟我們揮手。我們在噪音中向上攀登。

空氣變得稀薄和清涼。電單車的噪音漸漸變了。那些噪音竟然也變得稀薄和清涼。山上開闊的空間把噪音吞沒了，而風則取而代之，在它翻滾的咆哮中不可抗拒地把噪音像輕煙一般吹起並帶走。

我們到達了一個小高原之上，並把電單車的引擎關掉了。我們仍然只聽到風聲。就連我們的聲音也被空曠吞沒了。我們必須彼此高聲叫喊，才能聽懂對方在說甚麼。

一束陽光照射到村莊上，彷彿在提醒我們為甚麼要來到那上面。我們是來向其他人展示這個在山谷下面的地方，在山上咆哮的風聲下面，有些人曾在泥土深處產生的地震後受難和死亡，而那些倖存者在這裏重新站起來，開始重建這地方。

我跟帶我來的朋友說：「你有一個美麗的家。」他微笑着點頭。

金沙江馬鞍橋村

翁家俊博士

跟隨陳英凝教授團隊跑村，不知不覺已經十年了。説到最難忘的「一役」，非金沙江馬鞍橋村莫屬，這次的經驗亦徹底改變了我這個自命熟識健康推廣的老師的教學方法。相對於其他跑過的村，馬鞍橋村村民的經濟狀況、住屋環境、以及村子與外界的聯繫，都是最差的。還記得這村子的其中一個小組，不能以陸路交通到達。我們那天從水路乘坐「大飛」進入那小組，到達後只見十數間破屋，還以為是丟空的，可是帶隊的村長對我們説：「這裏大概有十戶人家，您們可以家訪了。」我跟美心走進了一戶，只見除了破落泥屋一所、幾頭生畜，甚麼也沒有。跟屋內的婆婆談了一會，才知道她自出生以來，未曾有機會離開過這一條村子。聽罷我鼻子也一酸，只是要保持「老師」的形象，才倒抽一口涼氣把淚水控制住。我在課堂裏教授的「健康信念模型」、「計劃行為理論」，在這個場景根本用不上！我再想，世界上還有百分之四十五的人類居於農村，那麼，我是否應該重新檢視我的教學呢？感激跑村的經歷帶給我反省的機會，亦順道多謝陳教授團隊給予我一個城市人平常不能體會的經驗。

八十一隻雞

「你的隊伍果然是真正的工作狂！晚餐也不吃！但不用擔心，我們現在就去吃宵夜！」那深秋月圓夜，從東北吉林伊通滿族自治縣的小村完成研究工作後回到城鎮已是晚上十一時，慶龍帶我們到當地著名的夜市吃宵夜。

夜市很熱鬧，專門售賣滿族特色美食「伊通燒鴿子」的餐廳，門前都排着長長的人龍。行人路上人雖多，但卻放滿了大大小小、關着各種雀鳥的鐵籠，灰、白、黑色的羽毛散滿一地，餐廳門前還有檔主熟練地劏雀燒鴿，每隻鴿子去毛皮再洗乾淨也不需要一分鐘。街上還有很多遊蕩野狗，滋擾着排隊等位的食客及在籠裏快將成為食材的雀鳥。

我們坐下不一會，服務員已托出多碟美食。其中一盤堆疊了六十多隻燒鴿子。伊通燒鴿子不像南方般用乳鴿，而是選擇用身型瘦削但骨架龐大、快被淘汰的老信鴿。

「老師，今晚，我恐怕甚麼也吃不下了。」一向茹素，家中養了兩隻小鸚鵡的羅同學一見枱上那些燒鴿子，便面色蒼白地低聲説。其實當她經過餐店門前，看到屠宰雀鳥的場面時，已嚇得差點昏倒，再看餐牌上寫着烤鹿肉及各色雀鳥菜式，如烤家雀（麻雀）和燒禾花雀等，只見她眼泛淚光。

「嘩！我們只有七個人怎樣吃得下這麼多！」跟羅同學剛好相反、喜歡吃燒乳鴿的小麥激動地叫道。她一時間看到枱上有那麼多燒鴿，興奮得不知怎麼辦。

「沒難度！我們相信鴿子很有營養，所謂『一鴿勝九雞』！但本地鴿子肉質結實又瘦巴巴，每隻其實都只有一點點肉。但燒起來皮脆肉甜，快吃！」慶龍笑着夾了一隻給小麥！那夜，羅同學整晚最後只吃了一碗白飯，而小麥共吃了「八十一隻雞」！

天葬師

「他是天葬師，不定期在這裏留宿。」戶主說着跟坐在門後，面圓圓、皮膚黝黑、體型魁梧、身穿深紅僧侶服的男子相手合十打招呼。「天葬」是藏民傳統的葬俗，天葬師會把屍體處理過後餵禿鷲，喻意禿鷲把死者帶到天上。在藏區裏，天葬師雖然得到尊重卻又被敬而遠之，保守者甚至會拒絕與他共處一室。那初冬寒夜，在近五千呎的高原上，那附近唯一的戶主把我們的小組和天葬師都收留在他的屋簷下。

晚上，戶主為我們準備了酥油茶，糌粑和風乾肉。大夥兒圍在掛滿了藏族傳統紅、藍、綠、紫色調的壁畫、門簾和地毯的房中談天說地。天葬師整夜不發一言，只坐在一旁自顧自吃。而當我順手替他倒酥油茶時，他顯得不知所措，站了起來不停地點頭鞠躬。入夜後，我們跟戶主一家都睡在暖炕旁，只有天葬師獨自睡在氂牛棚側沒有暖炕的小屋裏。

「睡着沒有？不如一起上廁所！」深夜時李護士長靜俏俏地問。那裏沒有廁所，外面既風大又寒冷，還絕無私隱可言。但瑟縮在睡袋的我全無睡意，除了高山反應外，服食了防高山症藥物後上廁所的意欲越夜越強。既然有伴，我倆便急忙走到屋後近山崖處去順應自然呼喚。但走近山崖時，電筒竟照到十多頭野生藏獒，在五十米下的山坡正張牙低哮，還準備奔跑上來！我倆當場嚇呆，此時天葬師突然出現，只見他緩緩地步向那群藏獒，擋在我們和惡犬群之間。說也奇怪，惡犬一見天葬師便忽然靜了下來，還相繼低頭垂尾離開。

「放心，不會回來了。」天葬師說罷，手指一指向天上便回石屋去。而我們抬頭望天，方發現那繁星燦爛的深秋夜空。

關隴古道街燈下的身影

「老師，街燈下好像有個身影！」博士生依勵指着旅館旁的街燈低聲叫了一下。電筒一照，果然看到有個女孩瑟縮在燈下，是村長女兒小何。

「不會吧！站在這麼大的風雪下多五分鐘也會生病！」寶儀和依勵把嘴唇已冷得發紫、村長的掌上明珠拉到我們面前。「因為期考我回不了家，但我來這裏只希望打個招呼，現在就回校了！」已是晚上八時多，小何最少在街上待了兩個多小時等我們回來。我們急忙帶她回室內，堅持留她一起晚餐和送她回學校。

「為甚麼不在旅館大堂內等候？」寶儀紅着眼眶説。

「我穿得這樣樸素，不好意思進旅館！」小何輕聲説。四年前到這關隴古道工作，當地女性大多是文盲，村長找了當時還是小學生的小何替我們做調研。大家都認為她有望成為世代都以務農養馬為生的地區中首位女大學生。

她初中成績不錯，但原來為了減輕家中負擔，完成這學期後便到上海打工。我們擔心她單憑相信朋友，根本不清楚日後工作的細節，但她再三強調一定會找機會回學校唸書。那夜分手前，大家都叮囑她到城市要萬事小心，而我在她上車前，給了她一個內有我的名片、聯絡方法和一點錢的小信封。

再相見已是六年後。

何村長抱着三歲孫兒到村口迎接説：「小何一知道你們回訪，便從上海回來。這是她兒子！」小何把我緊緊抱着，手中握着六年前那信封説：「老師，我明白你想我多讀書。我雖然錯過了回校的機會，但這些年無論多困難也從沒想過亂用這些錢。我會好好用在兒子的教育上，只想再次多謝你的好意。」

人與人之間的關係不是也本應如此嗎？

張依勵博士

「做完訪談了，你吃了午飯沒有？還沒有吃飯，那就一定要留下來吃！」姜大嬸非常堅持要把我留下來，和他們全家人一起吃午飯。

甘肅蘭州這一帶的黃土高原食水非常珍貴，每一家都會有一缸缸食水放在家中，支持一家人日常生活的食水用度。當我到達姜大嬸這家進行健康需要調查的時候，她家中的男人都外出工作，只有姜大嬸和她的兩個兒子，跟家中的嫲嫲一起在家午飯。

用柴火燒開了爐頭後，好奇的我忍不住要求姜大嬸讓我也拿起鑊鏟試着幫忙炒些菜。與其說邀請我一同吃午飯，不如說他們已經立刻把我當作家中的一分子，「一家人」坐在用柴火燒暖的石台床上，圍着中間的小木枱一起開始午飯。午飯過後，我也跟着姜大嬸一起去給驢子餵飼料。

在農村簡樸的生活裏，人們的關係可以如此簡單和真誠。這樣一次萍水相逢的偶遇，也可以讓你有跟家人一起的感覺。這種人情味讓我不禁反思，人與人之間的關係不是也本應如此嗎？

山上的女中豪傑：阿青婆婆

「我們偶有在晚上喝點酒，但不過份。」村內幾個説流利普通話的羌族男性在焦點討論中邊抽着煙筒邊回答。

「喝酒？當然有！這裏每人每天起碼一至兩斤吧！」婆婆們嘻嘻哈哈的笑起來。相對起來，婦女們雖然只懂簡單漢語，説話卻生動活潑得多！

「不怕烈酒對身體有壞影響嗎？」我追問。有聞「醉酒」是羌族的一大特色，不論男女都以「醉」為豪氣，而這唐蕃古道藏族羌族自治州高山上的白酒，酒精濃度都高達五、六十度。

「阿青是全村最年長、亦是喝得最狠的！三、四斤一天，風雨不改！還抽煙呀！」幾位婆婆異口同聲地把八十九歲文盲的阿青婆婆「供」了出來！

包紅頭巾的阿青婆婆，骨格精奇，比同村女性高大強壯。據説她一直身體健康，快將九十歲仍能在這二千六百多米的山區健步如飛。她七歲便上山放牧，十四歲結婚後一共生了八個孩子。丈夫十多年前去世，家中大小事務由六十歲的小女兒照顧。在焦點討論中，只見她總面帶笑容，低着頭在穿針引線。她手指雖然粗大卻非常靈巧，眼睛仍精伶，精準地繡着花腰帶。阿青婆婆應該是意識到我們在談論她，放下針線，望了我和嘉寶一眼，把藏在麻布長衫、羊皮坎肩內的手機拿出來，打了一個電話後，又低頭再做刺繡。

過了一會，只見幾位婦女拿着果汁及數瓶白酒來，高興地說：「阿青請你們喝這五十年前釀的酒。我們都相信入冬前喝對身體好！」只見可愛的阿青婆婆調皮地向我眨了一下眼，笑着用簡單的普通話說：「這是好東西！」

冬

高山上溫習的片段

「可以休息十五至二十分鐘。」司機在山頂停下來，一團團的灰雲被風吹得極速掠過正值黃昏的天空，夕陽灑在無人、無車、四千多米的青藏高原上，但周圍感覺很平靜。

那次走在偏遠地區兩天也接不上電訊網絡，但當發現能在山頂接上時，我便急不及待走下車，站在大風、氣溫只有攝氏六度的室外打電話回家。

那時就讀小學四年級的小如接過電話，聽到我的聲音便大聲叫了起來：「媽媽！等一下！」然後聽到她大聲朗讀着：「小翹，媽媽打來！但你先聽清楚我再讀多一遍，紅色的蘋果、黃色的香蕉，紫色的茄子，句號。」

「小如，可以轉用視像通話嗎？」我追問着。那些年我雖常要出差，但從沒放棄過跟進孩子們溫習和了解他們的功課進度。到了高小初期，兩個小鬼已能互相幫助和「監察」，但視像通話仍是不能少的工具。掙扎了幾分鐘後，手機屏幕終於接通了。只見正讀二年級的小翹用胖胖的手指努力地提筆寫着。小如還加上一句：「字要寫在格內！」我問小如：「小如很乖，你怎樣為明天默書溫習？」

「我已用手機錄了一遍，會播給自己收聽再默寫。而且會麻煩爸爸晚上回家時再替我批改！」

小如再問：「媽媽，你答應過要拍在高原上走着的氂牛的照片給我！」小翹突然抬頭望向電話並叫道：「媽媽，我不想默書。很掛念你啊！還有我要的大鷹照片！」而在小翹身後，還有家中毛髮蓬鬆的小狗「愛恩斯坦」興奮地跳吠着。

突然飄來一場過雲雨，我只好匆匆掛線走回車上。但失聯前我用手機給孩子們發送了十四張在旅途中拍攝的氂牛照片、八張大鷹寫真，還有給家中小狗觀看的藏獒錄影片段。

打火機

「這裏有廁所嗎？」小麥急不及待走進小店便問。

「沒有，但可以走到山後。這個山頭四周荒蕪，很安全。」身材健碩、穿傳統藏袍的女店主操着帶有方言口音的普通話，一邊搬着貨一邊回應着。

我們的車隊已走了八個小時，黃昏時分停在小店旁稍事休息。那間在青藏高原公路旁的三百呎小店其實更像一間微型百貨公司。售賣的商品種類繁多，由建築材料、汽車燃油、煙、酒、食物、煮食油以至文具也有，一應俱全。但最特別的是店內收銀櫃枱後有一塊小木牌寫着「貨幣找換」，也弄不清誰會光顧這個離邊境甚遠的小店而需要用到這項服務了。

我們幾個隊員走進小店後，便歡天喜地搜購各種零食、汽水。其實在四千多米的高山上，大夥兒都沒多大胃口，加上幾天不斷的長途車程，更令大家都不願多說話。但走進店後，一團人一見那些其實也不太吸引的零食卻愛不釋手，走在前枱等待付款時更七嘴八舌、大聲地說着廣東話及英語，一時間把小店弄得熱鬧起來。

「你們從哪裏來？」獨自在這荒蕪之地經營小店的中年女士並沒有殷勤的服務，只是自顧自忙碌地收拾東西。但當我為小隊付錢時，她便問道。

「來自香港的大學生。」我在喧嘩吵鬧中回應。

女店主瞄了我背包插着的一個打火機後問：「你抽煙？」

「不是。只是一直都帶着備用，可用作消毒及照明。若滯留在高原野外有生火能力很重要，用來燒斷繩索也好。」我解釋。

「看你帶着一班『小大人』，我送這個給你吧！」女店主聽後笑着豪氣地回應，從櫃內把一個大得像一把火槍似的、有整條手臂般粗的打火機放在枱上。

雪嶺上的飛狐村

「陳教授，我們都有乳癌。」

那大雪的冬夜，我們留宿在這條還沒有電和自來水、位於黃土高原雪嶺上、名叫飛狐村的回民聚居地。沒想到這七位白天不多言的婦女，瑟縮在黑夜寒風中，拍門求助喊叫着。

「村醫自從買了B超（註：超聲波儀器），很多婦女被勸說有病要做手術，但手術後硬塊仍在！」穿黃色頭巾的說。

「我也是……這裏沒有女大夫，你可以幫我們嗎？」驗查時發現她們乳房上起碼有兩條以上的手術傷痕，其中三十多歲的小紅三年共做了五次手術，右邊乳房的五條疤痕更縫合得像小足球！

「她丈夫為償還那幾萬塊的手術費，已把房子賣掉，還要出外打工！」穿藍色頭巾的小何說。

「手術後大夫有沒有告訴你化驗結果？」小紅搖頭。

經查探後，始知偏遠貧窮的回族村裏只有百分之二十的婦女受過基本教育，沒有正確的健康及生育知識概念。而村醫又亂用儀器，誤把正常婦女乳房生理週期的變化診斷為癌症。加上手術量是鎮上醫生的工作指標，只要病人有疑似腫瘤便替她施手術。

我跟村長及長老商討後，他們竟同意讓我們在平日不容許女性踏足的清真寺進行女性健康講座，希望此破格的舉動令村民明白其重要性！我們除增加女性生殖健康的推廣活動，還邀請了大學多位專科醫護人員到當地作醫療技術培訓，以提升黃土高原上的醫學水平。

那條小村，據說再沒有「發現」乳癌個案。至今已是十年了。

難忘的始終是人

蔡婉詩

在做醫生之前，已經跟隨陳教授走遍了不少中國的農村地方。見證過零下負二十六度令手指麻痹、鼻頭痛得沒甚麼知覺的冰天雪地，也見證過秋末和初春晚上的涼意，但最令我難忘的始終是人。

還記得老村民那些曬得紅紅黑黑、滿有歲月痕跡的面龐，掛着的是大大的笑容；那些蹦蹦跳跳的小朋友，掛着的是如水晶般透徹的眼神，盛載着對未來的期盼。他們對從城市走進去的我們是如此的熱情，每一次的家訪彷彿就在告訴我，人生在世其實可以這樣簡單快樂。當然，我知道每個人都有各自的困難，但他們總是相信硬着頭皮就能撐過去的樂觀精神，這是很值得我們學習的。很記得其中一次旅程的尾聲，當時準備離開某村落，其中一個村民捉住我雙手說：「我記得你在上一次（大約九個月前）也有來過，你們教的（指的是健康教育）我還記得很清楚，今次可以再見到你，我很開心，請多多保重。」

以生命影響生命，其實只在一個行動中。願你們也多多保重，一切安好。

防水牛皮膠紙

「老師，為甚麼帶這個？」在關口作安檢時，我常被一起出外工作的學生們問及在背包內帶着的那卷防水牛皮膠紙。

事實上，到偏遠地區工作，防水牛皮膠紙是最有用的隨身物品之一。除了是黏貼工具外，也可用作修補裝備、打包行李或自造器皿。而在資源匱乏的災區中，我還多次用膠紙把病人加固在擔架上，以便運送到火車或飛機，甚至把膠紙編成繩索協助救援搜救工作。

有一年，我在立冬後走到青藏高原藏民地區，進行健康推廣及焦點小組討論研究。甫走進牧區的住户家中，小麥已熟練地從我的背包內拿出膠紙，先把健康工作海報貼在住户家中的一塊大布上，再用繩子把布掛到房間中央。而當她看到戶內破爛的牆壁和木傢具時，更忍不住用膠紙替住户作各種修補。誰料不一會兒這消息已在鄰居間傳開，幾位藏族婦女到訪時除了熱情地帶來瓜子、酸奶和氂牛肉乾，還帶來各自的傢具找膠紙來修補！因盛情難卻，最後小隊只剩下思達和另外兩隊員繼續完成教育講座，其他人都搖身一變成為修理工人。

忙碌過後，滿足的小麥大口地吃着那大碗放了粗糖的酸奶時，突然指着在房中央的鐵火爐問：

「為甚麼有這麼多的羽毛飛在空氣中？那黏在火爐鐵通上的是甚麼？」

原來那是思達的羽絨外衣。因他做健康教育時身倚在鐵通旁，熱力把外衣燒出了一個比手掌還要大、一般針線也補不了的洞，羽絨鵝毛更飛脫了出來，幸好衣服還沒着火罷了。於是，我們又用那卷萬能防水膠紙補好了外衣，讓他用來抵禦了共六天在青藏高原的寒冬。

河西走廊的黑夜女俠

「你還是先上車吧！」我說。於是，身手敏捷的洪老師便拿起我的背包，搶過我手中的藥箱，又帶着自己的三個大袋，躍身跳上火車。

那年春天，我和洪老師帶着學生到甘肅省河西走廊常遇水災的小村，為村民起橋修路，進行推廣救災包、口服補液鹽、垃圾處理等教育活動。最後那天我被知會要到四川做地震救援工作。在還沒有高鐵的年代，要先坐五小時公車到小鎮火車站，再坐六小時的通宵火車到西安，才能在清早趕搭飛機抵達四川。

好不容易到了那小鎮火車站，晚上竟是人山人海。農民都帶着塞滿日常用品的紅白藍膠袋，還帶着盛載着各種家禽的竹籃，雞、鴨、鵝毛四溢，塵土飛揚。

我因在村內扭傷了腳踝，幾經辛苦才跟洪老師擠到火車上落的位置，那時卻發現省內通宵火車晚上過站只會慢駛而不會停下來上落客。環境混亂人又多，我本建議洪老師先行，但受傷的腳無力踏上正快速移動的火車；想叫回洪老師，但他已消失在擠擁的車廂裏！我心裏焦急，明明「坐車」快變成「送車」之際，一把聲音突然從火車上叫開來，「你們這些不像樣的東西，人家腳傷了，不幫忙還擋着車門。滾開！」

那人一隻手從火車裏頭把那數名只顧吸煙的年輕男人推開，再把我拉上車！原來是位一頭鬈曲黑髮、身型矮小富泰的中年婦人，我連聲道謝。那些男人低嚷：「那麼兇的！」女英雄再拋下一句：「我沒把你們這班沒用的障礙物推下車，是為了給你阿娘們面子！」

入藏記

「這些年，漢人大夫從沒有入區幫忙。可幸我們身體健康，沒這需要！」翻譯員尼瑪把眾藏男十多分鐘的對話總結成四句。

「那麼，可以讓我們入冬封山前回來替村內的女性和孩子診病嗎？」達娃替我翻譯回應。在這海拔四千七百米沒水電供應的藏地牧區，家中無論是搭建帳篷、放犛牛或照顧老弱都是由婦女包辦。反觀，男人主要活動就是討論，喝酒及打架。而那兩個仲夏夜，總有婦女來我們的木製牛糞帳房，捧着酥油、茶葉、糌粑、牛羊肉這藏民「四寶」，找我們解決身體各種傷患健康問題。

「我們的女人們都沒有問題。」十多名穿傳統藏服、腰封掛着佩刀的中年男人爭着說。反而一直木無表情盯着我們四個外來者的老村長，突然拿起枱上的青稞酒站起來，全場頓然鴉雀無聲。我見狀隨即拿起酒杯，先用無名指點酒彈向天空三次（以示對天、地和祖先的敬意），然後呷了一口，老村長再替我把酒添滿，第四次添滿後，我更把整杯喝完。村長露出了滿意的笑容，揮揮手然後坐下。

於是三個月後，我們一行十人帶着儀器藥物，花了三天從地平線回到這條正下着初雪的高原藏村。山坡早已披了一層厚厚、白皚皚的積雪，而我們從谷底已結冰的河邊往山坡上看，只見老村長領着數十個穿上傳統黑袍、腰縛彩色花紋圍裙、披着氂牛圍巾、背着孩子的婦女們，站在只有攝氏零下三度，被日落映照的山坡上，拿着白色的哈達笑着等待。

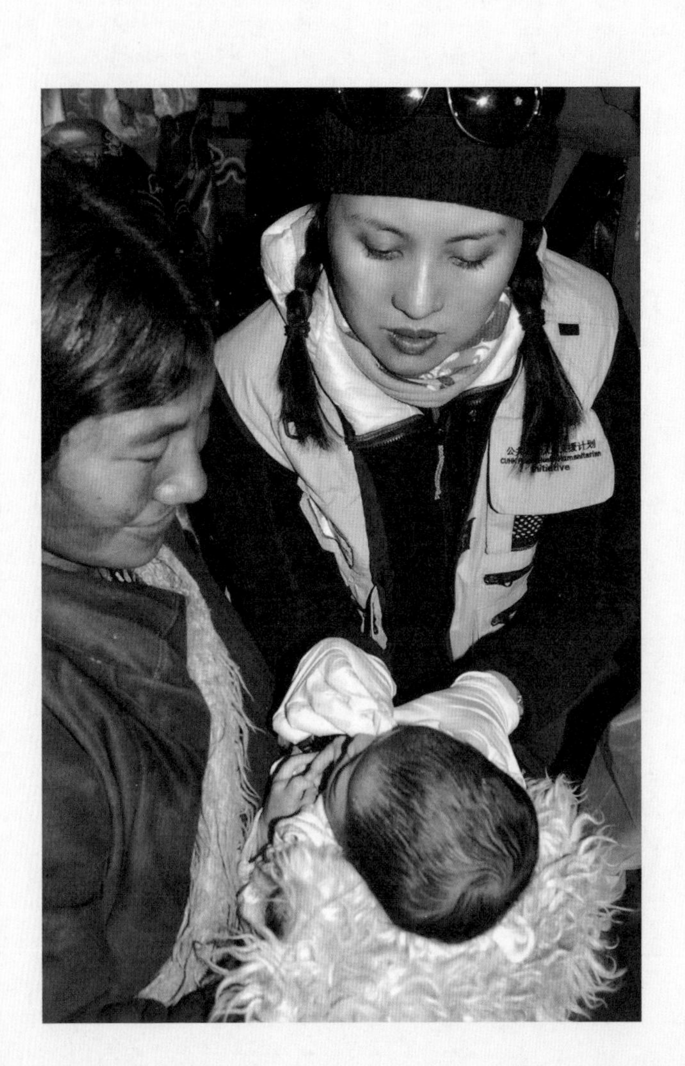

跟着氂牛足跡走下去

「分界不見了！怎麼辦？」小麥一邊咬着她喜愛的五香氂牛肉乾，一邊指着車窗外低叫。

那早上雖然天朗氣清，但經過一夜大雪，路和河的分界在積雪中消失得無影無蹤。高原電訊不通，山路入冬後更是人跡罕見，令我們求助無門。最後，思達和我只好穿上雪鞋、拿着長鐵通下車，走在車隊二十米前作「人肉」道路探測器以防車隊駛進看不見的河道。沿途遇上一群氂牛在高我們數百呎、白皚皚的山嶺上朝相同方向悠然地走着，只見牠們不一會便走過了，反而車隊卻膽戰心驚地用了個多小時才把那段原本只需十分鐘的路走完。

好不容易走到一個開揚、蓋了白雪的山谷。下山的路繞着山嶺而建，而道路更因為結了冰變得像「冰滑梯」一樣。雖然四驅車的輪胎都上了鐵鏈，但當大家目睹小麥下車一時失足，便連人帶背包滑下十多米的山路後，都十分懷疑車輛能否安全地駛過那段非常迂迴曲折的路。

正當大家不知所措之際，藍天映襯着的山坡上，突然又出現一群氂牛直向車隊方向走下來。起初，大家還擔心氂牛會撞向那輛紅色打頭陣的四驅車，誰知那重逾半噸的首領氂牛在車隊前只停了一會兒，便領着群牛慢條斯理地向山下走。原來山坡的積雪比想像中淺，牛隻都能四平八穩地走下！於是大家決定偏離那條冰封車路，緊緊地跟隨犛牛的足跡向山坡大膽地駛下去，最後安全地走出山谷。駛到公路時，小麥把犛牛肉乾收拾好有感而發地說：「犛牛生存能力確實比人類強得多！為表尊重，我從此還是不吃犛牛肉乾了！」

山上遇見胡青牛

「陳教授，香港大夫都是做高科技醫學研究吧！很令人羨慕的學習機會！」六十七歲的胡大夫說道。

他伴我走訪這條位於四川及西藏交界深山裏的羌族小村，是極少數住在這海拔三千多米山坡上的漢人。「我雖沒機會接受正統現代醫學培訓，但從沒有病人在我手中死掉！」他自豪地說。這兒既偏遠，物資亦缺乏，能夠行醫五十年也沒病人死掉，實在難得。

「這裏主要用草藥和針灸。我曾參加兩年國家培訓，算是對西藥有點了解！」到他家途中迎面而來的人都很恭敬熱情的打招呼，他顯然是受尊重的人物。

胡大夫家中牆上掛着多幅畫作，有很多大小不一的氂牛畫像，大夫似乎很喜歡氂牛這動物。大夫家中還有滿語寫的小牌匾，大夫說，他的祖先本是太醫，厭倦了宮廷生活，南下到這偏遠山區，因村民救了他一命而留下隱居。醫術父子相傳，胡大夫十七歲便當上村醫來。

「大夫，你會把醫術傳下去嗎？」

大夫搖頭笑着說：「兒子唸電腦，女兒也到城裏打工！」

「那你何不搬到城中跟他們一起？」我忍不住問。

「到城市，我只是一個老頭。但這裏，我是人和所有動物唯一的大夫，這裏三百九十九個居民、七十頭牛、四十頭豬、五十二頭狗、二百九十八隻雞、三百五十二隻鴨和二百三十二隻鵝，都是我的責任，是五代的承諾！這裏，我捨不得！」他笑指着家中牆上一幅像是孩童的畫貼，是一頭塗上綠色的牛，還寫了「大夫謝謝」。

「大夫，難道你的名字是『胡青牛？』」

大夫笑着點頭。

萬能保母

「昨天有同學投訴飯餸油多又太鹹，我已向供應商反映，今日下午飯盒共有三款選擇。請大家準時中午回到營地。」萬能保母董媽媽權威地在早會上宣佈。在偏遠山區工作，團隊通常都只能帶備乾量作午餐，但那次在雲南的工作點，董媽媽雖然首次隨隊，卻能每天中午時分安排四十多個飯盒準時送到，三天餐單更每次不同！

這些年，每當要帶超過十五人的大隊伍，我都會邀請義工「保母」同行。他們大多數是父母輩人士，各行各業也有，如退休紀律部隊人員、中學老師以至全職媽媽。這班被尊稱為「萬能保母」的隊友共通點是「無論任何問題，身處何時何地，都能找到解決方法」、非常細心能幹的人物，是支持實地教學的中堅分子。

另一次，萬能保母苗媽媽隨五十多人走到羌族山區，為了令陣容龐大的團隊建立整齊醒目的形象，她專誠製作了既高質素但又實惠、印有羌族特色的布襟章、T恤、文具及背包。而苗媽媽工作的投入程度比要拿學分的隊員還積極，更花盡心思設計了一系列的工作紙和遊戲給團員，令全程沒有冷場，比一班年輕人更能刻苦耐勞，至今那次旅程仍被學生津津樂道。

另一次是在正值寒冬的甘肅農村工作。負責的同事都沒把握令三十多個愛每事挑戰的大學生，在複雜的行程中保持準時及紀律。但那次擔任「萬能保母」的兩位資深護士長，卻不慌不忙地把那班頑皮鬼變成軍人一樣。她倆先令年輕人感到受寵若驚，在第一天的長途車程親手為隊員用自選的顏色線繡上隊徽。及後每夜會準時貼上列出各團員當天的紀律表現的記錄作公眾監察。但最厲害的是她倆會不定期對隊員點名表揚（如主動幫忙收拾），還會即時贈送卡通貼紙以作鼓勵！沒想到那班大學生甚至工作人員竟然非常受落，變得像幼稚園生似的爭相爭取嘉許貼紙，令人啼笑皆非。

苗媽媽

黎文慧

事隔幾年，村民身穿色彩鮮艷的民族服，黝黑的皮膚，臉上歲月的痕跡，和藹可親的笑容，都還歷歷在目。

很興幸能有機會參與陳教授帶領的團隊到四川的姜族休溪村實踐公共衛生教研工作。這次旅程除了令我加深了對公共衛生的認識外，也非常欣賞各位同學們與導師們的投入與認真程度，亦佩服各人的毅力。每天清晨集合，工作至凌晨，翌日還能帶着同一樣的精力以笑臉迎接行程緊湊的新一天，各同學的求學精神以及每一位導師的付出都令我深感敬佩。

出發前，本以為山區的少數民族村落一定非常落後。怎料這個村裏大部份的房子頂部也安裝了太陽能發電板，各家各戶都有智能手機，有上網功能。雖然處於騰雲駕霧的高山上，但其實這些村民的生活也不乏科技配套。感覺上，比起煩囂的都市，他們並不缺少甚麼，反而多了一點純樸、寧靜、親切、寫意。期待下一次的探訪！

董媽媽

張敏

今天收到陳英凝教授的電話，她邀請我寫一段關於二〇一八年跟CCOUC災害與人道救援研究所去雲南山區做健康及備災教育的故事，我一下子覺得很惘然。首先，在這次行程中，我是作為一個保姆的角色，照顧同行人員的膳食安排，都是一些比較瑣碎的事情，沒有甚麼特別，而且已經過去三年了……正在苦惱中，我隨手打開我的電腦，翻出當年的相片夾，當年的點滴盡顯眼前，其中有一張相，吸引了我的注意力：藍天白雲下、在青蔥翠綠的田野間，有位滿面皺紋的男子，臉帶尷尬、無奈、唏噓，他那種違和的表情令我回想起那天跟三位學生到山區的村落做評估的情形。這位貌似伯伯的男人，其實只是四十出頭，我們三位學生組員，為他做了一個五分鐘版的蒙特利爾認知評估，卻發現他已經有初步老人癡呆的跡象，給五個詞語，隔五分鐘再叫他講出來，他才講了兩個，以他的年紀，屬於不合格。

當初我看見這次行程中，邀請了一位醫學院副院長及腦神經科專家和心理學教授同行，覺得很大陣仗，在這個山明水秀的山區，人們生活看似輕鬆沒壓力，真有那麼多老人家有這個症狀嗎？

最後從各個小組所拿回來的評估得知，這並不是一宗偶然的個案，還有不少其他類似的個案。由此可見，在這些資源不足的山區裏，人們的認知是很有限的，加上城市發展，山區村落裏剩下大部份老人與小孩，他們變成了被忽略的一群。如果我們可以給多一些培訓與教育，可以減少很多意外和悲劇的發生。

這次行程中還有另一件事情令我印象深刻。開始時，在學生分組預演衛生教育中得知，他們將會講述如何做牙齒保健、廢物收集分類及製作口服補鹽液，都是一些看似非常簡單的工作，我覺得城市裏的小學生都懂得，用得着這樣勞師動眾帶領一群醫科高材生及醫學院教授去講解嗎？我心存疑惑，以為這些活動都是象徵式讓大學生有個體驗，實質意義不是很大，但這次旅程裏的另

一次家訪，令我改變了這個看法。話說我們到山裏的一個家庭進行家訪，這個家庭的小院坐落在有丹霞地貌的山腳下，小院的周圍種滿了花椒，聽說這是他們賴以維生的家庭收入來源，因為花椒相比其他農作物可以賣得比較高價錢，以中國的標準，這個家庭是已經脱貧了。當天我們家訪的對象是一位三十出頭的小夥子，他非常健談，但在言談中卻意識到這位看似應該受過教育的年輕人連最基本的衞生習慣都不以為意。他告訴我們，他不是經常刷牙，記得就刷，不記得就不刷。有一次他去參加親友的喪禮，三天沒有刷牙，我們所有人都覺得匪夷所思，原來我們這次衞生教育的意義是這麼重大，在這些缺乏信息資源和教育的地方，無論是哪一個年齡段的人，都需要我們伸出援助之手，讓他們接受基礎的教育，從基本上改變他們的認知。

我們的醫科生是社會的未來棟樑，無論他們將來會行醫或者是進入公共衞生的領域，希望他們可以心繫國家、心繫貧窮落後的地區，為社會的進步作一定的貢獻。這次行程，我們不但可以讓這些偏僻的山區受到關懷，也為我們的下一代埋下種子，讓他們這種關愛精神相傳下去，為創造大同世界出一分力。

倚天屠龍記

有一年的寒冬，我帶着學生到偏遠山區金沙江上游的貧困農村進行研究訪問。其中一戶，雖然家徒四壁，但仍有一台電視，播放着不知名的武俠電視劇集，兒童玩具和用品亦隨地可見！跟女户主訪談時，一個身胖腳短，看似有七、八歲的男孩左手揮舞着玩具刀從房內走出來。戶主本要胖孩跟我們打招呼，可是孩子眼裏只有手中的玩具刀及那包「小饅頭」零食，把家人的吩咐置若罔聞。

「孩子多大？」我問。

「孫子才四歲。」身穿薄毛衣的祖母答道，而那小孩身上卻穿着八層厚的衣服。

這時，一隻肥雞剛好跳進屋裏來，男孩見狀，一手抓着肥雞頭，叫道：「看我『屠龍刀』的厲害！」正當準備用膠刀割入雞頸時，祖母一邊陪笑一邊搶走胖孩手中的「屠龍刀」。只見可憐的肥雞慌忙地逃離毒手時，又多次被房門前的八雙不同款式的小鞋絆倒。我忍不住問：「你家中共有多少個孩子？」

「家中三代人就只有他這個心肝寶貝，爸媽都出外打工，這家最好的都給了他！」祖母所穿着是一對破舊得沒法再縫補的布鞋。

我看到桌子上一些小學四年級的作業簿。正想追問之際，祖母急忙答上：「家中還有一個寄住的表親女兒，這是她的功課作業，不過她已十多歲了。」胖孩聽着對話，瞪着眼、向我惡哼一聲，生氣地吩咐祖母：「我要那個！」祖母尷尬地把胖孩示意的作業簿遞給他後說，「沒關係！沒關係！他不哭就行！三代單傳嘛！叫他姊姊把作業再做便可！」而那胖孩接過作業簿後，極度囂張挑釁地一頁頁把作業簿撕個粉碎！那奶奶不但沒有制止，反而把他擁進懷中說：「小寶真乖！說兩句便不哭了！」

我和學生沒好氣地繼續做訪問，小霸王卻不斷地滋擾着我們。而當我發現他老是盯着我慣常插在背包那把一呎長的透明塑膠間尺時，便忍不住說：「你那不正義的『屠龍刀』絕不及我的『倚天劍』！你永遠得不到！」那胖孩竟被氣得走開了！真好！

誰知我們完成訪問正準備離開時，胖孩突然走到我學生身旁，把一堆泥土混合垃圾倒到他身上。而我本已走到房外，但胖孩又向我叫道：「不准走！看招！我一定要得到你那『倚天劍』！」只見他揮舞着「屠龍刀」正向我奔跑過來！可是，胖孩因腳短但門檻卻高，又因看不見擋在門後的肥雞而最終摔倒在地上。還「嘩」一聲嚎哭起來！

祖母見狀立即抱起小霸王，但那小子竟用力「啪」、「啪」兩聲打起祖母的面頰來。而那祖母為了安撫孫兒卻似是而非地説：「這寶貝真乖巧！看他打『猛獸』（相信她是指那肥雞?!）的氣勢，不用甚麼『倚天屠龍』，將來一定做個大官，光宗耀祖咯……！」

型男

「你怎可以穿得這麼單薄！」穿着冷帽、手襪的我指着瑟縮在隊中，只有透薄白色風衣、短褲和腳踏「人字拖」的林同學說。西南貴州三江地區雨大潮濕，在沒有暖氣設備下冬季更顯寒冷，而那次的培訓基地，晚上室外溫度更跌至只有攝氏四度。

「老師，我並不覺得冷啊！」被點名的林同學豎起大拇指但用顫抖的聲音向我大聲回應，即時四周穿得像「企鵝」般的隊友們目光都聚焦在他身上。事實上，儘管老師們每次都對學生千叮萬囑，要帶備配合工作和天氣的衣服和裝備，總會遇上一些喜歡「為有型而挑戰身體健康」的隊員。據隊員們說，這位高頭大馬的林同學只帶備了一件風褸、數件薄棉質上衣和兩條及膝短褲！而我又依稀記得出發前這位林同學出席室內舉行的那場簡佈會時，在攝氏二十多度室溫下架着太陽墨鏡、穿着名牌特厚大毛衣。但他那「型男」姿態卻又真的頗受女同學歡迎。

翌日中午天氣回暖，李老師見林同學竟然穿上長褲和羽絨來參加集會，沒好氣地問：「今天比昨天不是暖了十多度嗎？」「不知道！但我感受到女同學們暖暖的愛！」林同學風騷地回應。

男組長潘同學在我身旁酸溜溜地說：「哼！昨晚深夜時分，八個女同學商量過後，為了預防林同學得到感冒而變成大家的病源，竟然眾籌了一百五十元，早上還成功說服村民『割價』讓了一對白布鞋（俗稱白飯魚）、長褲及羽絨褸給小林。這傢伙十分好彩！真的可惡！」

多才多藝

「不如在劇中加入侗語對白和傳統戲曲，讓村民看得更投入！」廣西三江地區常受洪水影響，團隊決定做三場介紹「備災包」的戲劇。村長看了綵排後作以上建議，雖然只剩兩天便要公演，同學們你一句「我是中樂團的首席二胡手，可以伴奏！」又一句「我雖打西洋鼓但也可以參與配樂！」毫不猶豫便把預備了四個多月的劇本一下子改過來！

「那麼趕快找幾首本地人耳熟能詳的小調來改編。但記住要凸顯備災四大原則。」見同學們積極，我也非常興奮。

「我已招募了一班小助手，不如先看他們的

表現吧！」精靈的陳同學說畢，竟把打從我們入村便已跟着我們的小孩們叫出來。原來她已叫孩童們在家中預備了備災包來示範。還領着他們大聲朗讀：

「『食水衛生』是提供每人每日不少於十五公升可飲用水，家中應備有一個一點五公升的水瓶以製作口服補鹽液。『食物和營養』鼓勵按家中老幼身體狀況和需要，儲糧三天。『維持健康的生活用品』泛指肥皂、毛巾、盛水器皿、萬用刀、女性衛生用品等。『通訊和信息』是抄寫家人的身份證號碼、藥物敏感資料、常用藥物名稱、處方及通訊聯絡方法，備有家庭照以便失散後認人。還有哨子和手電筒待停電時在荒野中應用。若能作這些準備，村民就有了健康保障。還要注意（一）就地取材，（二）實用性，（三）更換過期用品，和（四）把備災包放在當眼處，以便緊急時取用。」

我不禁流下淚來。這班優秀的同學總令人喜出望外，感動非常！

偉大的發明

羅琋瑜

參加了八趟 CCOUC 農村考察，總難道出哪次「最愜意」；但每次的箇中點滴都令我印象深刻，留給我能與朋友分享的回憶。

二〇一五年十一月，雲南盈江縣黑河村健康需求評估之旅的第二天，我們來到了離村中心有點遠的一棟房子。儘管我們三個人已經工作了一整個上午，累得汗流浹背，我們仍然保持高昂的鬥志。在通往一棟房子的破舊土徑上，整齊地栽種着一行行參天而葉子茂密的竹子，使我們頓時覺得涼快舒暢。在翻譯人員的簡短介紹後，一位年輕的母親歡迎我們進屋調研。

我永遠不會忘記村民對客人的格外熱情和慷慨。他們總是很快地為我們讓出自己的座椅，有些人甚至堅持要我們坐最好最高的座椅，讓我們的雙腿得以舒展。而這一次也不例外，年輕的母親立即把她自己的椅子讓出來，同時回到房子裏搬出更多椅子。我們坐在前院，午後溫暖的陽光灑在我們身上。在評估調查進行到一半時，一個四五歲左右的小女孩手裏拿着一支鉛筆從房子裏跑出來。經過一番拉扯和抱怨（用少數民族方言），母親向我們道歉並從房子裏取出了一把巨大的彎刀。我瞥了一眼我的搭檔，我倆交換了一個困惑的眼神。只見這位母親從容地坐回原位，開始用大刀為她女兒削鉛筆。我坐在那裏，完全不知所措，驚訝地看着她的手有節奏地前後滑動。我當時一定是屏住了呼吸，因為在她削完鉛筆後，我聽到自己長長地舒了一口氣。

當我們完成調查準備離開時，我們發現小女孩將家裏摩托車的座位用作桌子，在作業本上練習寫數字。就在那一刻，我才真正感受到鉛筆刨是如斯偉大的發明。

天台社區中的傈僳族

「村內百多户居民因政府要收地建路，四年前便搬到山下來。除了老一輩仍堅持每天上山種田，居民都留下經營商舖和民宿。」村長邊説邊帶我們走進這個位於雲南省怒江傈僳族自治州的社區。區內幾條街道都以密集、三、四層的排屋群組成，房屋多是樓下商舖、樓上住人。八成商舖售賣建築材料，但附近根本沒有甚麼大型基建。

我們走進這些現代化的房屋，雖有電力但光線不足，樓梯又窄又深，行動不便的老人只能住在昏暗的地下樓層。房子的天台又是另一番景象。很多居民都在天台種菜、植花、養雞鴨鵝、建四方形終年生火的火塘，甚或僭建多一至兩層自住。我探訪的那家更在天台放着捕野雞的鐵籠，並養了兩頭五、六百斤的大肥豬。

我們在用作鬥雞的鐵籠旁坐下，一群蜜蜂圍着我們不停地轉，原來是鄰居養了四、五群蜜蜂。戶主替我們倒茶，在小桌上放了數碟生蜂蛹和油炸打屁蟲。他對年輕吃素的盧同學説：「有沒有吃過這『天上人參』？蜂蛹都是未長大的蜂，純天然、高蛋白，比魚肝油起碼高十多倍營養和維生素！而這碟打屁蟲，以前我們在河邊即拾即吃，很鮮味的，噹一噹！」正當我看那些蠕動中的「天上人參」，那體型巨大的公雞猛然撞擊我身旁的鐵籠，想朝桌上的蟲撲去。

於是我拉着同學的手説：「謝謝！我發覺我把手機留在剛家訪的地方，要去找。」便順勢逃離現場。

斷腸崖

「先生，你在賣甚麼？」我看年約四十多歲的檔主整齊斯文，根本不像小販。

災後二十多個月，我們到四川汶川做重建評估。汽車駛到山上，俯瞰已被封鎖的北川地區，途經的人都會停下來，到崖邊一塊無名石碑哀悼地震死難者。附近的小販們都很積極兜售，只有其中一位檔主默默地站在一旁，我好奇地走近看看。

「不過是一些基本的遊客物品。」他禮貌地回答。攤檔放着一部不斷重播着佛經的收音機，隔壁有個自住的小帳篷，而售賣的就只有數瓶水、香燭和一些地震照片。相比隔鄰的攤位，他的攤檔過於簡陋和單調。收音機旁放了一張家庭照，胖胖的小兒子笑容燦爛。他平靜地說：「我家本在崖下的北川，地震那天，我早上出差。妻子、歲半的兒子和母親就埋在倒塌的房屋下，人或遺體還沒找到。」空中盤旋着數十隻烏鴉，煙雨朦朧，倍覺淒涼。

「所以，你打算一直留在這裏？」當護士的寶儀不禁激動地問。

他苦笑回答：「找不到他們，又不能證明已經死了。每次想到他們可能仍在瓦礫下而沒有被好好安葬，心總是放不下。我已不止一次在黑夜偷偷的爬進禁區內嘗試找他們的遺體。我不能離開這裏。我是當工程師的，隨時可以回城市找工作。」

剛結婚的寶儀嘗試極速擦去淚水說：「老師，我突然很掛念家中的老公。」

我們替他買了香燭後，走到石碑前向北川鞠躬。大家流着淚，都說不出話來。

跟上天最接近

「進去跟男孩們一起上阿拉伯課吧！」在村長鼓勵下，倚在門外正猶豫着的我兒、十歲的小如和八歲的小翹便按照習俗先脫下鞋、手套和冷帽，再走到門旁的盆內洗手，踏上鋪着大小不一紅地毯的清真寺大堂，走到後排席地而坐。

這條位於中國古絲路上、世代都以養馬為生的回族小村，千禧年居民仍生活在貧窮線下，在泥土屋裏過着沒有電或自來水的日子。雨季時走在村路中會泥足深陷至小腿。近年村民出外打工令當地條件得以提升，我們回訪時驚嘆現代化速度之快。

全村最顯眼的是樓高四層、建在四米平台上、蘋果粉綠、白色外牆的清真寺。雖然沒有宏大的門庭或精細的伊斯蘭藝術雕刻，內堂亦沒有任何圓柱、畫像、枱或櫈，但寺內三面圍着十尺高、透着冬日陽光的大窗戶，瀰漫着端莊靈聖的氣派。那裏除了是歷史及文化的象徵，也是世代男丁學習和唸誦可蘭經的地方，就算完全不懂阿拉伯語的小如和小翹在那氣氛下也顯得特別專心。

「氣候變化令河水經常氾濫。兩年前除了這寺外，全村的房子也都給淹沒了，因此破天荒地開放給女村民避災。災後全村都積極修建，村民藉此機會要求在寺內鋪設互聯網絡，但又千叮萬囑要盡力『保持原狀』。」村長說時也忍不住笑了。事實上若從山上遙望，會看到全村跟天空最接近的是那「洋蔥頭」式的圓塔頂上那枝塗上了金漆的青銅新月，「一枝獨秀」地屹立在眾村屋頂繁亂的衞星接收器群之中。

暗渡陳倉

丘兆祺

「老婆，我冇想過有朝一日竟然會同你一齊『暗渡陳倉』！」當時吉普車在嚴冬的黑夜駛過陝西省寶雞市，高速公路上的路牌寫着這個三十六計中第八計所提及的古時地名。

我們當然不是劉邦、韓信，只是一小隊研究團隊（連同我這個旁觀者），在飛抵西安後，連夜趕路去鄰省甘肅馬鹿鎮大灘村回族社區進行探訪。有別於我這個外行人，團隊其他隊員曾經多次探訪過這條村落，只是事隔數年需要再回去看看有甚麼需要跟進的事宜。

雖然我自九十年代初經常到內地體驗農村及城鎮的發展，但這次訪問有如劉姥姥進大觀園令我大開眼界。脱貧仍然是一大議題。村內的房屋大多數還沒有自來水或抽水馬桶，廚房的灶頭還是以燒柴及禾稈草來做飯。雖然家家戶戶已經有電力供應，但晚上氣溫降至零度以下，室內只會用炭爐燒着細小的一塊煤炭，上邊放一個大水煲，待水滾後冒出微弱的蒸氣令房間稍為暖和。我們一群城市人只能瑟縮在厚厚的天鵝絨睡袋內，半睡半醒的度過幾個晚上。

然而我又深深感受到科技如何令社會進步。雖然周圍環境看似貧窮落後，我驚見原來每人手中都有一部智能手機，而且村內網絡覆蓋相當穩定！他們手機提供的不僅是娛樂，更讓他們可以隨時隨地通過微信溝通，大大拉近與外間的距離。信息的普及化令村民更加與時並進，是知識可以改變命運的最佳體驗。我希望再有機會重訪甘肅大灘村，相信數年後的今天已經建成小康社會！

滄海桑田

「慢着！牆上貼着那一張是祖母和我唯一的合照。她已在兩年前離世了，可以把照片送給我嗎？」在冬日夕陽斜照下，少年從山上村路向我們河邊鄉公所的位置跑過來。聽到他這樣呼叫，我和美心往上看，那早上我們貼在村口泥牆上的舊照片，確實有一張「老婦抱着小男孩」的照片還沒人認領。我依稀記得九年前拍照當天婆婆手抱孫兒，細說地震後只剩婆孫兩人，房子倒塌了，對未來生活充滿徬徨，但她為了孫兒會堅強努力地活下去。

「這是你？」我指着相中小孩問少年。他接過照片後點頭，連聲道謝，凝視着照片，兩顆淚珠便滾下來。美心見狀給少年遞上紙巾，輕聲說：「沒想到一張舊照片對他有這大的震撼。」

那夜村長邀請我們到家中作客。村長家裏終於有電、有自來水，還接通了互聯網，生活條件跟九年前相比改善多了。年輕的大媳婦捧着熱茶走進房子說：「美心姐，沒想到可以再見你！我是小元！」當年還在讀村小學，只有十一歲的小元是美心的「助手」和傣語翻譯。小元曾說過長大後希望到城裏讀書和工作，夢想擁有自己的小店。八年後，只有二十歲的小元已嫁給村長的大兒子，育有兩歲大的兒子，肚裏還懷着六個月身孕。小元一邊驅趕着衝進室內的母雞一邊道：「初中畢業後，曾到昆明生活了六個月，在市內做餐飲服務，但適應不了。剛巧重遇也在城中工作的他，決定回村生活。美心姐，你也應該畢業了吧？」美心點頭。

「看！你送給我的也一起嫁了過來。」小元笑着指向大門後掛着的茅草雨衣旁、一個當年送給村民的備災袋正掛在鐵釘上，還說：「那時你千叮萬囑要把袋放在當眼的位置，我還記得！」我身旁早已哭成淚人的美心，拚命地點頭。

火炕上的打雀耆英會

「不好意思，正忙着聽不到拍門聲！請進來！」老當益壯、百多公斤的金大叔咬着香煙，拿着鑊鏟來開門。

我們在大寒的日子走到吉林省延邊朝鮮族自治州尋找實地教學點。天朗氣清又沒有下雪，在溫度低至攝氏零下十多度、堆滿積雪的室外走動，縱使穿了大外套、帽子、圍巾及雪鞋，一身臃腫的衣裝仍難擋寒風入骨，確是令人又累又辛苦。村旁小河的中央都凍得結結實實，村內居民都留在戶內休養生息，但隨處可見各户都正在準備過新年的氣氛。走到金大叔的門外，屋內傳來麻雀玩樂的聲音，拍門良久後才有人來應門。

朝鮮傳統住屋樓房矮空間少，室內的溫暖空氣並不流通，吸煙、煮食及酒的氣味往往濃烈而久久不散。可幸一般民居倒是十分整潔，家中東西大都被整齊地收納在櫃內。居民都是席地而坐，房子地下都藏着深坑，又稱「火炕」。坑內的火道和燒飯的灶相連，灶內熱氣通過火道流動到各個房子，達到持續取暖之目的，一舉兩得。

「老師好！」四位坐在大廳中央「火炕」上中年胖圓的女士回頭看到我們，七嘴八舌地叫着。她們圍着麻雀小枱盤膝而坐，身旁有很多空着的啤酒瓶、餃子和零食如米腸、泡菜等，跟被掛在窗邊風乾那幾條形態纖幼、極像「嫦娥奔月」的人參相映成趣！廳中還播放着卡拉OK，好不熱鬧。據金大叔解釋，村內婦女不吸煙但嗜酒。每次喝酒都不分晝夜，喝完配給份量才能離開。這次，各人都被配了三十六枝五百毫升冰川啤酒，雖然已過了二十四小時，但應該還需要兩天半才能完成今次打雀耆英會。

金大叔熱情地從廚房捧着熱茶、剛炒好的花生和一碟看似是榛子但其實更像蟑螂的小食走出來。他看到小麥正凝視着碟上的小食時，自豪地笑道：「你們來嚐一下，這是我造的燒蠶蛹，高蛋白質，配酒很好吃。」

「這幾年少了水災，加上年輕人都出外打工，生活條件總算是改善了。但村內只剩老人，不再飼養牲口又不種田，種植玉米也只是為了取其芯作燃料。生活沒有太多目標。我跟她這兩年都多長了五公斤！我們都去掘人參，既當作運動娛樂又能賺點錢。」每天平均抽兩包香煙的大金叔一邊笑着一邊大力地抽煙，一遍指着身形富泰、一頭鬈髮的金大媽搖頭續道。

於是保持室內空氣流通、減少過量飲酒及吸煙、預防長期病患便成了我們在這個社區進行健康教育的目標。

中外游客旅途愉

三江山羊盛宴

「建議做水源保護、災害健康風險及飲食安全等教育活動。」「對，這些侗、苗村民似乎對食物安全認知不足，常共用食具處理生和熟的食物，容易有交叉感染，增加健康風險。」那年冬季在西南山寨工作，村長盛情邀請我們最後一天到他家中作客。李主任和黃同學到達村長家中時仍討論着這幾天在廣西貴州交界三江地區的調查結果。

走進村長家時，餐桌上已放了幾碟涼菜，但最吸引我們注意的，是一盆龜苓膏狀呈鮮紅血色的食材。

「這是直接拿碗從宰了的黑山羊接出來的血。看！血還沒完全凝固，很補身的！你們這幾天辛苦了，趁新鮮快喝啊！加白酒更好！」村長坐下即倒了一碗給我，還遞上一杯土釀五十多度的白酒。

此時，村長夫人從廚房捧出一個熱騰騰的火鍋來。室內頓時充滿了一股撲鼻的臭味。但大夥兒十分興奮。畢竟在只有攝氏三、四度，沒有暖氣的南方地區，吃火鍋是不錯的選擇！

「做羊憋湯要花上大半天！宰殺前先把山羊用青草和中草藥材餵飽，湯底用羊的胃液和膽汁煮成。火鍋中加入切碎的羊內臟，和葱、薑等一起煮沸。」村長一家花了一整天預備這晚宴。

「這……也補身？」李主任低聲説。綠色的湯底漂着羊內臟和苦瓜，在我們面前散發着嗆鼻、像尿糞的臭味。

「對！黑山羊吃百草長大，我們相信喝羊憋湯可防治百病。老師，海外馳名的『貓屎咖啡』，同樣是經動物胃酸發酵後所得，不就是這概念嗎？」村長笑着反問。

生態小村

「真的不好意思！謝謝！謝謝！」傈僳族老婆婆用簡單的普通話不停道謝。那天下午我們在村內作家居健康狀況評估走過簡陋的木橋時，遇上八十多歲的獨居婆婆因不留神絆倒而扭傷腳踝。莫教授和我見她一拐一拐地走着，決定送她回後山上的家。婆婆的小屋在山後，一般旅客也不會走到這邊來，我們替她拿起三個小袋和背起比身軀還要高的柴枝束走上傾斜又滑溜的泥路，沒走到一半已覺力不從心，反觀婆婆雖有腳傷卻絲毫沒氣喘地走着，非常厲害！

「婆婆，近年村內發展得那麼好，為甚麼不搬到河邊有水有電的地方？」莫老師邊喘着氣邊問。婆婆笑而不語。

那條位於丹霞地貌山谷內的傈僳族小村，廿年前仍是全國赤貧村之一。但自從首批外出打工的人回鄉後，年輕人一直努力把這地方打造成生態旅遊區。整個山區風景雖然美麗，樹木長在淺河兩旁，兩小村的房屋都散佈在山坡和河邊，但若從旅遊景點的角度來看，地點隔涉旅遊配套又不足，確實沒有太大的特色。村口有一塊旅遊簡介木板，推廣着在谷內各種生態活動，其中以攀石最為特別。而村內房屋大多對外開放，只要遊人肯付二十塊錢，大都可自出自入。近年有了互聯網後，多了年輕人到來，也建了幾間酒吧和卡拉OK，變得越來越商業化，垃圾堆積情況愈見嚴重。

而回想那幾天在村內很少遇到老年人，若我們不是偶遇婆婆而跟她走到山後，根本不會知道原來十多個老人們都搬了上去。那不對外開放的村小組頗為熱鬧，房子雖破舊但都裝有太陽能板和自來水，還共用電視和雪櫃。而婆婆背柴上山原來只為了堅持用柴火作傳統煮食的習慣。老人家邀請我們坐下喝茶，鄰居老伯豁達地笑着說：「村已被那些想發財的年輕人變成了遊樂場，難道還要老人們來當生態展品嗎？」

神箭手

「弓這樣輕，很難控制！」哲同學叫着。這條位於瀾滄江上游、怒江傈僳族自治州山嶺上的原始小村，村民仍以農耕狩獵為生。祖先因崇拜老虎圖騰而為氏族命名。

在村內公共衛生調研工作小休時，同學們見山崖有幾位正比試傳統弓箭的年輕人，便嚷着要學一下。年輕的箭手們都非常友善，除了教小隊基本技巧，還反覆示範如何把箭準確地發射到二十米以外的目標。然而隊員所發的箭，盡皆落於足前十米範圍內。技巧跟同場不到十歲大已能射得更遠更直的村內孩子們相比，相映成趣，實在尷尬非常！

村長見我看得入神，笑道：「陳老師，這村真正的神箭手是你身旁的『大虎叔』，他曾一箭射下天上兩隻飛鳥！」我忍不住回頭瞄一瞄那穿傳統傈僳服裝、能「一箭雙鵰」的大虎叔。老伯年約七十歲、高五呎多、體型略胖，正口咬煙槍，翹起二郎腿，用手搖晃着啤酒瓶，面泛紅暈帶醉意笑着。他像「丐幫幫主」多於「射鵰英雄」！

「大虎，來表演『武功』吧！」經老村長和在場村民的歡呼鼓動下，大虎叔緩步走到平台邊，拿起全場最大的弓，挺腰一拉，瞇上眼睛，放箭，嗖一聲把箭射到四十米外的房門牆上。周同學跑近查看後大喊：「厲害！大虎叔的箭竟把一隻蝴蝶叮在木門上！」大家都拍手叫好。這位逍遙的神射手，揮一揮手，再從褲袋中把煙槍放回口中，拿回放在地上的啤酒瓶，轉個頭便離開，好不瀟灑！

凝仁遊訪——中國篇

莫仲棠教授
香港中文大學醫學院內科及藥物治療學系部腦神經內科主管

作為一個醫生及醫科教授，每當我有機會與陳英凝教授及其團體到內地，為受地震、水災或其他自然災害影響的偏遠地區少數民族服務時，我都一定會帶上我們醫學院的學生。我們期望學生們不只學習到醫學知識和技巧，更希望他們建立服務世界各地有需要人士的信念，並培養服務他人時所需的耐力。

我最難忘的一次經歷是到訪雲南西雙版納，我們轉乘了兩次飛機，花了一天的時間才到達目的地。由於舉辦健康講座的村莊沒有旅館，我們被安排住在一所小學的教學樓裏。教學樓內並沒有廁所，我們需要先穿過操場，並走過一條長樓梯才能到達外面的廁所。那天晚上下着大雨，我帶着手電筒和雨傘到廁所去，但卻在經過長樓梯的途中不幸地滑倒，屁股着地，把身上的衣服都弄濕了。在那一刻，我不禁埋怨：「我為甚麼要來這裏？」但轉眼我便回想起來，我來這裏是為了與學生們一起學習，培養服務他人的精神和堅毅的意志。在那一瞬間，我的態度與想法立刻轉變。最後，我想辦法把我的褲子成功吹乾，才回去睡覺。

現在，每當我回想在西雙版納這尷尬時刻，都十分感恩，因為這件事提醒了我作為醫生的使命，以及堅持的重要性。在現時新冠肺炎疫情持續不斷的情況下，這一份信念與堅持對醫護人員而言甚為重要。我亦要再次感謝陳英凝教授及其團體在過去十多年內建立這個教學平台，令數百位學生及老師得益良多。

後記

書中提及的那一代雞腳英雄，已在這十八年間，從學生「進化」成醫生、教授、專業人士，更多的還成為了父母親級別的人馬了。但這群人唯一不變的，仍是對教育、醫療人道救援和跟年輕人一起走到前線工作去的初心。

《凝仁遊訪之雞腳英雄傳》因篇幅有限，只收錄了「雞腳英雄幫」在中國內地闖蕩的文章。至於這班雞腳英雄怎樣在全球五湖四海行走？而在遠走他鄉、為年輕人開天闢地時又有過甚麼奇遇？

這些要請大家拭目以待，等待下回分解。我們後會一定有期。

書　　名　凝仁遊訪之雞腳英雄傳

作　　者　陳英凝

責任編輯　王穎嫻

美術編輯　蔡學彰

出　　版　天地圖書有限公司
香港黃竹坑道46號新興工業大廈11樓（總寫字樓）
電話：2528 3671　傳真：2865 2609
香港灣仔莊士敦道30號地庫（門市部）
電話：2865 0708　傳真：2861 1541

印　　刷　美雅印刷製本有限公司
香港九龍觀塘榮業街6號海濱工業大廈4字樓A室
電話：2342 0109　傳真：2790 3614

發　　行　聯合新零售（香港）有限公司
香港新界荃灣德士古道220-248號荃灣工業中心16樓
電話：2150 2100　傳真：2407 3062

出版日期　2023年7月／初版

ISBN：978-988-8550-89-0